世界で一番かわいい名言

こどもは教えてくれる
「幸せになるのに
条件はいらない！」

プロローグ——この本はあなたの心をかわいくする本です

あなたは昨日、何回笑いましたか？
今日は何回笑いましたか？　思い浮かべてみてください。
大人が、１日に笑う回数は平均で13回だそうです。
しかし、こどもは１日およそ４００回笑う。

ははははははははははははははははははははははははははははははは
ははははははははははははははははははははははははははははははは
ははははははははははははははははははははははははははははははは
ははははははははははははははははははははははははははははははは
ははははははははははははははははははははははははははははははは
ははははははははははははははははははははははははははははははは

ははははははははははははははははははははははははははははははは
ははははははははははははははははははははははははははははははは
ははははははははははははははははははははははははははははははは
ははははははははははははははははははははははははははははははは
ははははははははははははははははははははははははははははははは
ははははははははははははははははははははははははははははははは
はははははははははははははははははははははははははははは

「は」をひと笑いとして、これで400回です
こどもは1日にこれだけ笑うのです。

一方、大人は13回ですから、
ははははははははははは
一行にも及びません。

1時間に1回も笑わない大人と、3分ちょっとで1回笑うこども。

「とおちゃん、ウンコ行ってくるでー。はははー。」

確かに小学生の僕の息子は、ウンコに行くだけで、もう1回笑っています。

「とおちゃん、オレ、一夜にして腹筋に筋肉がついちゃったよ」と朝からさわぐ息子。息子のおなかに手をあてると確かにすごく硬いんです。「え?」とびっくりしてると、息子が大爆笑。はい。服の下から下敷きがでてきました。こどもは下敷きひとつでこんなに盛り上がれるんです。

こどもは外にでると、すぐに走り出します。外にでると、すぐ走る

大人って、遅刻した会社員以外で見たことないですよね？（笑）

でも、こどもはすきあらば走ります。あなたも小学生の頃はそうだったはず。

中国の道教にはこどもの頃の写真を前に瞑想（めいそう）して、童心に還るという修行があります。

成長とは
何かに「なる」ことではなく、
ありのままの自分に「還る」こと。

それは、こどもの頃の自分を取り戻すことから始まります。
それは、とってもカンタンなことです。

だって僕ら大人は、みんなこども出身なんですから。

だから、こどもの言葉に触れて、思い出せばいいだけです。

幸せになるのに何も条件がいらなかったあの頃を。

そのときの自分の気持ちにまっすぐ素直に行動していたあの頃を。

この本は、笑って、ときに泣ける、こどもの名言、迷言、珍言集です。

雑誌『ＰＨＰのびのび子育て』増刊号で連載させていただいていた「ひすいこたろうの子どもはみんな天才だ！」にお寄せいただく、たくさんの「こども名言」の中から超ベストセレクト。いわば、こどもの名言ベストアルバム的な存在です。

こどもたちの言葉が、あまりにかわいくて、楽しくて、ゲラゲラ笑いながら編集させてもらいました。

娘と息子、ふたりの子育てを通して、僕がいつも不思議に思っていたのは、こどもたちはどんなに大ゲンカをしても、30分も過ぎる頃には、仲良く遊びだすところでした。こどもがケンカを始めると同時に、僕はいつも時計を見ていたんです。でも、30分もひきずらない。根にもたないんです。

まさに、いまに生きているのです。

こどもにとっては、30分前すら完全に過去なんです。

そんなふうに大人も生きられたら、きっと、この星から戦争はなくなることでしょう。

いま、この星に最も足りないのは、“鼻歌”です。人生を楽しむ気持ちです。

明日のことは明日に任せて、今日という一日を明るくやり切ることです。

「一日一生」

朝に生まれて、夜死ぬかのように一日を一生のように思い切り生きていこう。

こどものみずみずしい言葉にふれて、あなたの心は優しく、そしてかわいく生まれ変わります。

それでは始まりです。かわいい言葉が世界を救います！

ひすいこたろう

目次

装丁 フロッグキングスタジオ
イラスト 豆アトリエ 中尾早乙里

第1章 ガツンときたで賞

七夕（たなばた）のときに、みなで願い事を書いて貼ったのですが、学童保育の指導をしていた私はこう書きました。
「幸せになれますように」
それを見たこどもが一言。

「先生、今、幸せちゃうのん？」

たった一言だけど、奥の深さに今でも心に残っている言葉です。

8歳・男の子

ひすい
コメント

幸せはなるものではなく、気づくもの。幸せは未来にあるものではなく、いま、ここで感じるもの。今日のごはん、考えごとをやめて、いつもよりゆっくり味わってかみしめて食べてみて。それだけで幸せを感じるよ。

幸せになるのに多くはいらないんだ。幸せになるのに条件はいらなかったんだ。

この子は幸せの本質を8歳にして見抜いてますね。

え？　いま、あなたも幸せちゃうのん？

電車で、親子3人並んで座れるように、わざわざ席を譲ってくれた見知らぬ男性に、満面の笑みで息子がこうお礼を。

「ありがとう！　おっさん!!」

5歳・男の子

ひすい
コメント

感謝したいんだか、怒らせたいんだか、わからないところがグッときます（笑）。

息子が小学校に入学したての頃、学校から帰ってきてひとこと

「ママを好きすぎて学校へ行っても ママのことが忘れれん」

思わずギューッとしてしまいました。

小1・男の子

ひすい コメント

ヤバいですね、これは。そんなふうに言われたら、思わず背骨が折れてしまうくらいギューーっとしちゃいますね。

息子の国語の宿題の回答。
問題「左の反対は？」

「左じゃない」

「入口の反対は？」

「入口じゃない」

「女の反対は？」

「女じゃない」

小１・男の子

ひすいコメント

シンプルイズベスト。シンプルに考えるってこういうことですね（笑）。このまっすぐな考え方を見習いたいものです。

娘が生まれる前の、天国の話をしてくれました。
「天国は空の上にあってね。神様がいて、お腹にいる赤ちゃんと一緒に遊んでたんだよ。そして、空から若いお母さんを見て『先に行くね。バイバ～イ。』と言って、お母さんのおへそから、お腹の中に入ったんだよ」
「そのとき、お母さん何してた？」

「もやし買ってた」

もやし……（苦笑）

9歳・女の子

ひすいコメント

これからはオチオチ、もやしも買えませんね（笑）。

「男の子ににらまれた」

「男の子に嫌なこと言われた」

と報告してくる娘。

一瞬、心配しかけるのですが　その
あと必ず言う一言。

「たぶん、私のこと好きなんやと思う」

このナチュラルなプラス思考に勇気をもらいます。

9歳・女の子

ひすいコメント

すごーーーい。捉え方ひとつで、にらまれたって、嫌なこといわれたって、人は幸せになれるんだーーー。問題は外側にあるのではなく、自分の内側の捉え方にあるってことですね。

慰霊の日（6月23日沖縄特有）に向けて戦争体験者による平和講演会を学校で聞いたときのこどもの感想文です。

「○○さん、今日は戦争の話をわかりやすく教えてくれてありがとうございました。

次は、もっとわかりやすく教えてください」

6歳・男の子

ひすいコメント

褒(ほ)めながらも本音をズドンと伝える。大人にはできない荒ワザです（笑）。

ご飯を炊くのが上手な息子。あまりに美味しくご飯が炊けるので聞くと

「お母さんは魂込めてご飯炊いてる？

何でも魂込めたら上手くいくんよ」と。
母は、絶句し、息子を必ず立派な料理人にしなければならないと心に決めたのでした。

小5・男の子

ひすい
コメント

吉永小百合(よしながさゆり)さん主演の映画「ふしぎな岬の物語」で、吉永さん演じる岬カフェの店主が珈琲を淹れる際に、「おいしくなあれ。おいしくなあれ」って心を込めるシーンがあるんですが、あれ、真似してみたら、ほんとにおいしくなるんですよね。お米も一緒だと思いました。

主人と大げんかし反省していたときのこと。

「お母さんは、お父さんにいっぱい甘えたらいいんだろうねぇ……」

ってひとりごとのように3歳の息子につぶやいたら、息子が、

「オレに甘えたらいいやん！」


3歳児のセリフかよ！

でも、告白されたかのようにトキメキました。カッコよかった。

3歳・男の子

ひすいコメント

男として、ほんとかっこいい。弟子入りしたいです！

ちなみに僕が弟子入りしたいって思ったある大富豪はこう言っていました。

「いい女は不幸になれないって知ってたかい？　なぜなら……俺が助けに行くからだ」

これもかっこいいでしょ？（笑）

息子にこう褒められました。

「ママ〜すっごくかわいい」

褒められるのは、うれしいものです。

「ママ〜すっごくかわいい。シマウマみたいで」

え!? シマウマ!?

4歳・男の子

ひすいコメント

これ、嫌な上司に使ってみたいですね。

「さすが部長。素晴らしい判断でしたね。まるでコガネムシのようです」

「さすが専務。今日のスーツ似合ってますね。モモンガみたいで最高です」

ぜひ明日あたり、お試しください。自己責任で（笑）。

宿題を前にして、ゲームをやる孫に「なによ！勉強の合間にゲームなんかして！」と叱ったら、孫は「えっ!?」と驚いて、こう言うんです。

「それ逆なんだけど…」

「はぁ？」

「おれ、ゲームの合間に勉強してるんだけど」

11歳・男の子

ひすいコメント

そうだ。そうだ。僕らは、この星に遊びにきたのだ！

息子が先日、ブロックのおもちゃで建物をとても上手に作りました。「すごいね！　上手だね！　才能あるんじゃない？　将来は建築家かな？　ママはこんなの作れないよ！　すごいな！」と褒めていたら、息子が

「母ちゃんって、もしかして親バカ？」

小4・男の子

ひすい
コメント

こどもから「とおちゃん、『アンパンマン』にでてくるバイキンマンって哺乳類(ほにゅうるい)?」って聞かれたときは、この子は天才だって思いましたね。だって、バイキンですから確かに菌類のはずなんです。しかし、どう見ても哺乳類。「なんて鋭い目のつけどころなんだ!」って思いましたね。あ、これも、もしかして親バカですか?

「パパが好き」って言葉をパパに聞かせてあげたい。ママである私は、なんとかこどもにそう言わせようと悪戦苦闘していました。なかなか言ってくれないこどもに、私は、最後の手段、嫌いなものとパパを比較させる作戦に出ました。

「うんちとパパはどっちが好き？」

その質問にパパは、おいおい、さすがにそれはパパに決まってるだろうと呆れていると、間髪入れずに息子が

「うんち！」

と答えていました。

5歳・男の子

ひすいコメント

こどもはね、うんち大好きだから、それはセレクト間違いましたね。「パパと冷やっこどっちが好き？」って聞いておけば間違いなかったと思います（笑）。

息子が幼稚園のとき。

私「なぁなぁ、ママのすごいところ、どこ？」
息子「無駄なこともあきらめんとするところ」
私「ほんと⁉（うれしくてくいつく）どんなときそう思うの？」

「ママ、毎日何も変われへんのに、化粧してること」

小さい子に言われてびっくりしました。

4歳・男の子

ひすいコメント

なんだかいろんなかたちでこどもに希望を残せるんですね（笑）。

僕も息子にこう絶賛されたことがあります。

「とおちゃんってすごいよな」

「え？やっぱり？」

「ピザ食べるとき、とおちゃんがタバスコかけてくれるだろう？　いつもその量が絶妙なんだよ。自分で入れるといつも出すぎちゃうんだけど、とおちゃんは絶妙だよ」

「……とおちゃんのすごいところ、そこ？……」

「ママはどんな人が一番嫌い?」と娘に聞かれたので、
「大きな声で怒る人」と答えたら、

「自分やんっ!!」

すかさず入った的(まと)を射たつっこみに笑ってごまかすしかできず、反省させられました。

7歳・女の子

ひすいコメント

これは確かに、お母さんがたは耳が痛いんじゃないでしょうか。怒鳴ってしつけるということは、思い通りにいかないときは怒鳴っていいということをこどもにしつけていることにもなるんですよね。じゃあ、どうするかというと、怒鳴る前に1回だけ深呼吸してこう思ってから怒鳴ってください。「よし、怒鳴るぞ。いい意味で怒鳴るぞ」。これで、怒鳴り方もいい意味で間がぬけるはず（笑）。

参観日の翌日。クラスのお友だちに「お前の母さん美人だな！」と言われたそう。まーー。うれしい！！！！「その友だちにどう返したの？」って息子に聞いたら、

「オマエ、中身知らないからだよ」

10歳・男の子

え？

ひすいコメント

え？　え？　え？
聞かなかったことにしましょう。

街で知らないおじさんに「なんさいですか？」と話しかけられたとき、息子は

「僕は3歳、**ママは27歳だよ**」

と答えていました。

ママの年齢はいいから！

3歳・男の子

ひすいコメント

うん。ママの年齢はいいね。絶対、言わないほうがいいね。それだけは守ったほうがいいね（笑）。

息子が通う幼稚園にて。
「『せんせい、だーいすき！』っていっつも飛びついてくれるんです。かわいいですね♪」
と私に教えてくれる先生が３人います。
その３人の先生の共通点、母は即座に見破りました。
↓
↓
↓
巨乳

５歳・男の子

ひすい
コメント

もう、これは、見習いたいデ賞、受賞です！（笑）

映画を見て泣いていると、息子がこう言いました。
「お母さん、これは映画だよ。

大丈夫だよぉ〜。
泣かなくていいよぉ〜。

ねっ、お話だからね」

9歳・男の子

ひすいコメント

息子さん、冷静ですねー。

ちなみに、自分の感情も映画の観客席から眺めるように見ると、不安や怒りがおさまってくるので、ぜひ試してください。例えば、夫婦ゲンカのときに、ケンカしてる自分を映画を見るように客観的に見てみるんです。「あ、わたしいまカンカンに怒ってる。テレビのリモコン投げつけようとしてるぞ」とか、自分の心の中で気持ちを実況中継するんです。すると、ふっと我にかえり、怒ってる自分に笑えたりしますよ。

息子が高校生のときです。
息子「ねぇねぇ、お母さんって、初めてお母さんになったの?」
私「えっ?そうだよ」
息子「へぇ、そうなんだ。

その割にはよく頑張ってるね」

一瞬耳を疑う質問でしたが、息子の顔が真剣だったので、とても嬉しかったです。

高校生・男の子

ひすいコメント

「がんばってるね」なんて、こどもにねぎらわれたら、お母さんたちはグッときますよね。これを読んで、僕も両親に何か伝えたくなって、先日、こう伝えてみました。

「いまさ、おかげさまですごく幸せに生きてるよ。これも、とおちゃん、かあちゃんのおかげだよ。僕は2人の最高傑作だね」

言葉の親孝行。不思議なのは言った自分がうれしくなるんですよね。

ひすいには、中学生の娘と小学生の息子がいまして、以下が、ある日のかみさんと息子の会話です。

「まだ5時まで20分あるから外に遊びに行ったら？」

息子の門限は夕方5時なんですね。

かみさんがそういうと、息子はこう返しました。

「かあちゃん、20分では、遊びに行くに値しないぜ」

ひすい
コメント

遊びに行かない理由、かっこいいでしょ？（笑）

ひすい家
コラム①

奇跡が起きるピカーン作戦

お祭りの屋台でのくじ引きとか、そういうの、息子は不思議とよく当たるんです。

わが家は、みんな屋台のあんず飴が好きなんですが、買うと2個サイコロをふれて、ゾロ目が出るともうひとつ無料でもらえるんですね。息子はよく当たるので、こういう場合、息子が投入されるのですが、先日、サイコロでゾロ目を3回連続でだしたんですね。家族の分が無料になりますから、もう、大フィーバーなわけです。

これ、確率にすると、約0・4%。200回やっても一度も起きないようなことを、1発でやる息子の運の良さに何か秘訣があるのではと思って、息子に聞いてみたんですね。

「なあ、サイコロふるときになに考えてるの?」

「とおちゃん、あのね、まず、目を閉じて心を静かにさせるんだよ」

「おおおお。まず精神統一か」

「すると、ピカーンと光るから、その瞬間にサイコロを投げるんだ」

「まぶたの内側がピカーンと光る?」

「そう。そのときに『当たりませんように』って願うんだ」

「え?　なんで、当たりませんようになの?」

「とおちゃん、そんなヤボなこと聞くなよ」

「……ヤボなこと?」


そのあとも、いろいろつっこんで聞いてみたんですが、これ以上は本人もよくわかっていないようでした。

これは僕の推測ですが、心を無にするんだけど、サイコロを投げる直前に欲がでるからそこに「当たりませんように」と言って欲を消しているのではないでしょうか。

こどもから教えてもらった奇跡の起こし方を、まとめると、

シーンと心を鎮めて無になり、ピカーンを感じたら、最後はポーンと欲を手放す。

「ぐわっと腰をまわしてそこをパーンと撃ち抜く」といった長嶋茂雄元巨人軍監督のスイング指導のようになりましたが、伝わっ

てますでしょうか？（笑）

どちらにしろ、無心に楽しんでいる状態は奇跡を起こしますね。

ピカーン！

ひすい家
コラム②

むしろハズレ希望！

先日、お祭りの屋台で、また息子は当たりをひきました。1等賞の当たりは大きな空気銃。それが1発で当たったのです。しかし、息子は、空気銃を受け取らず、なにやら屋台のにいちゃんにボソボソ言っています。

なんと言っていたかというと、

「すいません。この当たりをハズレに変えてもらえませんか？」

「は？」

屋台のおにいちゃんも一瞬わけがわからなかったようです。なんと、息子は当たりよりも、100円ショップにあるようなハズレのカラフルなボールの方が欲しかったらしくて、ハズレと当たりを交換してもらっていました。

これで、息子も笑顔になり、屋台のにいちゃんはもっと笑顔になっていました（笑）。

1等とか、金額が高いとか、そういうのを度外視して、自分のほんとうのきもちにまっすぐに生きる。

みんなこどもの頃はそうだったんですよね。

大人になると夢に数字がつきます。

たとえば、こどもの頃は本を書く人になりたいってだけの夢だったのに、大人になると100万部売れたいとか数字が入ってくる（笑）。

頭（大人）の夢とハート（こども）の夢、夢には2種あるんですが、数字が入らないハートの夢をまずは思い出そう。

第2章
思わずツッコみたくなるで賞

娘と車でおでかけ。

車内では、退屈しないように、しりとりをすることに。

母「しりとりのはじめ、何にする？」

娘「んーとね、なににしようかなあ。


よし、赤ちゃん!!」

いきなり、終わってるやん。

4歳・女の子

ひすいコメント

「んーとね、なににしようかなあ。よし、アフガニスタン!!」

「いきなり、終わってるやん」

うん。そんな子、間違いないくいないね！（笑）

私は幼稚園で先生をしています。

ある日、こどもにこう注意されました。

「先生、毎日幼稚園に来てるけど、

大人なんだから、そろそろお仕事行ったら?」

あの〜。ここが私の職場なんですけど
……。

5歳・女の子

ひすいコメント

我が家でも、息子がかみさんに、こうもらしたとか。

「かあちゃん、うちのとおちゃん、最近ずっと家にいるけど、アレかな。会社、クビになっちゃったのかな?」

息子よ、とおちゃんは作家だから家で仕事できるんだ。

幸い、アレじゃないからね(笑)。

こどもとの会話。
「おかあたん！　だいすき！！」
「ありがとう」

「お父さんは？」
「かっこいい！」

「おにいちゃんは？」
「つよい！」

「そっかー！　じゃあ、おじいちゃんは？」

「かわいそう」

じいちゃんは頭痛持ちでいつも痛い、痛いと言っているせい?

3歳・男の子

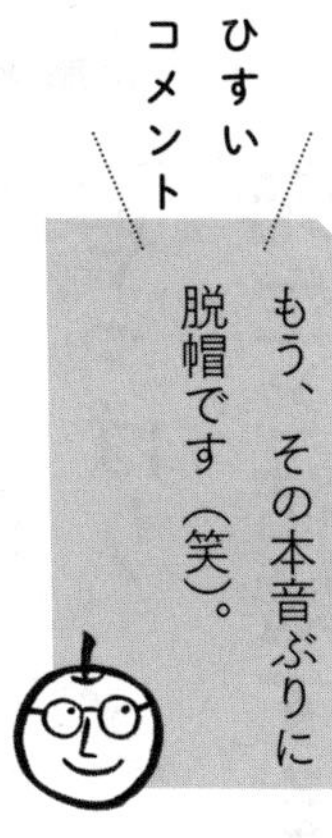

アラフォー独身の保育士である私に、幼稚園の男の子がある日突然、

「やっぱり、ぼく、先生と結婚するわ」

私「わぁ！　嬉しい。でも、やっぱりって？」

「ほんまはママと結婚するつもりやったけど、なんかなぁ、ママはもうパパと結婚してるねんて〜。結婚はひとりとしかできへんらしいわ」

5歳・男の子

ひすい
コメント

男の子はみんなお母さんが大好きなんですよね。

ちなみに、『天才たちの共通項』小林正観、中村多恵子（宝来社）という本では、天才たちの共通点として、母親に全面的に認められて育っているというのが顕著にあるそうです。特に男の子は母親に認められるとグンと伸びるそうです。男の子は単純なんでしょうね。

そして男の子は、好きな女性を喜ばせるためなら、どこまでもがんばれるんです。

節分の日、息子はずっと「おにはそと〜！　ちくわうち〜！」と叫んでいました。

ちくわよりも福が欲しいです。

4歳・男の子

ひすいコメント

そうだ。そうだ。ちくわより福が欲しい！

でも、確かに、節分ってたまに間違っちゃう子いるんですよね。

「鬼は内♪」

「おい！」って。

息子が3才のとき、「今日は七五三の写真撮りに行くよ〜♪」と言ったら、息子がきょとんとして

「七五さんって誰？」

きっと、有名人でもくると思ったんでしょうね。
いやいや、今日の主役はキミだからぁ〜！

3歳・男の子

ひすいコメント

「では本日のスペシャルゲストをお呼びします。ミスターシチゴさんです！！！」
キャーシチゴー！！！（笑）

冬休み、宿題に取り掛かろうとしない娘にヤキモキ。
「何かやることは?」とやんわり聞いてみました。
娘は「あ!」と。ようやく思い出してくれたようです。でも、なぜか
娘は庭に出ていきます。

「干しイモの様子見てくるね」

そして「おかあさーん、いいかんじだよぉ〜〜」と。

そうじゃない! 宿題!

なんで干しイモ!?

7歳・女の子

ひすいコメント

宿題を逃れるのに、こんな手があったんですね。ここまでボケられると、怒れませんね。ちなみに、僕が小学校のとき、友達は、宿題をやってこなかった理由としてこう言ってました。

「かあちゃんが宿題をちぎって捨てた」

絶対ウソだって思いましたね（笑）。

息子の誕生日の朝。
起き抜けに速攻ダッシュで息子はトイレに行き、そしてまたダッシュでリビングに戻るやいなや、

「ハッピーバースデー、俺！」と。

「だって父さんも母さんも言ってくれないんだもん」と。

いや、いや、いや！

言うすきを与えてもらってないから！

11歳・男の子

ひすい
コメント

僕が思い出に残ってる誕生日は10歳のとき。「10歳からは大人だからな」と父ちゃんに言われたので「なんで10歳からは大人なの?」って聞いてみたんです。「ひとつ、ふたつ、みっつ、よっつ、いつつ、むっつ、ななつ、やっつ、ここのつ、とう。10からは最後に〝つ〟がつかないだろ?だから大人だ」

え、そんな理由?(笑)

もうすぐ小学生になる娘に、何かひとつ自信を持って欲しいと、お稽古見学に連れて行きました。しかし、何をやっても

「やりたくなーい」

やる気のない娘に不安になり、さらに、いろんな体験に連れて行きました。

そんなある日、娘に、

「ママー。この家でやる気あるん、ママだけやでー」と言われ、

「パパもやる気ないんかい！」

と突っ込んだ母でした。

5歳・女の子

ひすいコメント

パパはいつもオチになるなー。うちもまったくそうで、あるイベントに娘を連れて行ったときに僕にサインの列ができたことがあったんですね。僕がサインをしてるところなんか、娘は見たことがありませんから、「とおちゃんも意外に人気あるだろ?」と言ってしまったんです。家に帰るなり、娘は「とおちゃん、超ドヤ顔でサインしててウザかった」ってかみさんに報告してましたね（笑）。

ひすいの息子が小学5年のとき、深刻な顔をして僕に悩みを打ち明けてくれました。

「とおちゃん、実はさ、オレ、

味噌ラーメンと醤油ラーメンの違いがいまだにわからないんだ」

うん。一生、わからなくていいよって思いましたね（笑）。

先日、ひすい息子と一緒に中華料理やさんに行ったときの会話。

「これね、とおちゃんもなかなかできてないんだけど、いつも心がけるようにしてることがあるんだ。食べるとき、よく噛んで味わうこと。とおちゃん、あれこれ普段言わないだろ？　でも、よく噛むこと。これだけは心がけるようにしてほしいんだ」

すると、息子はこう言いました。


「とおちゃん、麺はのどごしだよ」


そう言って、よく噛まずに麺をツルツルのみこんでました。

そもそもラーメンを食べながら言う話じゃなかったね（笑）。

ひすい妻の弟夫妻と一緒にステーキの特別においしいお店に食事に行きました。

息子も、

「とおちゃん、涙がでるくらいおいしかったよ」と、そのおいしさに感動。

でも、この言葉には続きがあって、

「とおちゃん、涙がでるくらいおいしかったよ。あのポテト最高だった」

「付け合わせのポテトかい━!!!」

みんなが一斉につっこんでました。

お肉としてはマクドナルドのてりやきバーガーの方が上だったそうです。

せっかく高級なステーキを食べに行ったのにね〜。

ひすいコメント

ちなみに、モスバーガーでは息子はこう言ってました。

「モスバーガー、しばらく食べないうちに腕あげたなー。きっとすごいアルバイトが入ったんだろーなー」

腕あげたなーって。しかも、すごいアルバイトって……。

ひすい家
コラム③

笑えるケンカ

「いまね、道路で知らないおばあちゃんに『こんばんは』って声かけたら、『あら、いい子だね』って褒められたんだよ」

そう興奮して息子が小学校から家に帰ってきました。すると、かみさんは、

「あんた、遅く帰ってきたのをごまかすために、そんなこと言ってるんでしょ？」

というわけです。それに対して、息子は、

「まあ、まあ、そんな怒鳴らずに」と。

そしてこう続けたのです。

「かあちゃん、怒鳴って、いままで、なんとかなったことあった？」

この余裕の発言に、またかみさんはキレまして、

「なんとかなったことないけど、スッキリするわーー!!」

最後は、こどもも妻もお互いに苦笑い。ふたりのケンカ、見ているとほんと飽きないですね。素直に本音を出し合うんだけど、つっこみ箇所が盛りだくさんで、最後は、お互いに笑っちゃう。怒りで始まり笑いで終わる。これぞケンカの見本だと思いましたね。

愛してるなら何万回ケンカしてもいいんです。だって、そもそもケンカって、より深く相手のことをわかるためにするものですから。

ひすい家
コラム④

満点は星空だけでいい

息子が小学校3年のとき、一緒に寝ようと布団に入ったら、とんでもない事実が発覚したんです。

「とおちゃん、算数のテストで10点だったんだけど、10点満点って、その下に書いておけば母ちゃんに叱られないかな？」

「あのね、テストは100点満点なんだ。だからすぐバレるから止めておいたほうがいいよ」

「あ、そうなのかー。だから、この前、30点だったとき、0をひとつ増やして300点にしたときも母ちゃんにすぐバレたのかー」

息子よ、既にやっちゃってたのか……。こどもはこういうことをほんとにしますからね。

僕は息子の頭をなでなでしながらこう伝えました。

「父ちゃんはな、何点でも、大好きだよ」

いま30点なら30点を楽しめたらそれこれ100点満点です。

明石家さんまさんがこういう通りです。

「満点は星空だけでいい」

いまの自分をまるごとうけてたつ！

それがオリジナルな生き方です。ダメなところもふくめて全部がかけがえのない個性なんです。

人は長所で尊敬されるけど、でも、短所で愛されたりするのです。

長所×短所＝個性なのです。

ひすい家
コラム⑤

勉強ができない子は社長向き

「学校の勉強ができない子って社長向きなんだって」

そう言って、僕は勉強が苦手な息子に本をプレゼントしたんですね。小学生向けの「こうすれば社長になれる」という本を。

数ヵ月後、「読んだ?」って聞いてみたら、

「とおちゃん、あの本、難しいな」というわけです。

「どこまで読んだの?」

「ここまで読んだんだけど」と息子が指差したページが

「目次」でした。

息子よ。やっぱりキミは社長向きだ。


さて、そんな息子がちょっと前に中学生になったおねえちゃんと大ゲンカしていました。ケンカにヒートアップしてきた息子はついに、殺し文句をはいたのです。

「オレはな、オレはな……」

息子はケンカで、おねえちゃんになんとかましたのか？

「オレはな、オレはな、オレはな、社長の孫なんだぞ！！！」

（カミさんのお父さんが社長なんです）

それに対して、おねえちゃんは

「わたしなんか社長の初孫だからね」

とあっさり返していました。かってこれほどケンカ相手の心に響かない殺し文句があったでしょうか……。

息子よ。やっぱり、君は社長向きだ！

第3章 キュンとくるで賞

「大きくなったら何になりたい?」と聞くと息子は、

「ペットボトル!」

理由は「みんなに水をあげたいから」だそうです。

3歳・男の子

ひすいコメント

大人になったらみんなに水をプレゼントしたい。だからペットボトルになりたい。その動機に愛がある。かわいい!みんなにお水をあげたい。きっとこれが仕事の本質なんですよね。お金のためでもないし、まわりの意見に左右されているわけでもない。動機の純度が人生のクオリティーになります。

息子が家に帰ってきて、トイレにダッシュしながら一言。

「お母さん、おならが痛い！」

小2・男の子

ひすいコメント

ここのコメント、あなたならどう書きます？

僕は、2時間考えてみたんですが、まったく浮かばず。ついには僕までおなかが痛くなってきたのでトイレへ。トイレから帰ってくる頃には浮かんでいることでしょう。

……のはずが、まったく浮かびませんでした（笑）。

春休み、コピー用紙で器用に腕時計をつくっていた息子。

「見て見て。これ、ロレックスのデイトナ。世界に5本の限定モデルなんだ」

欲しいものは自分でつくっちゃう。

紙でつくったその時計は、7時25分を指していました。


「ねえ、ママ、この時計ね、一日に2回も時間合うんだよ」


時間だって、日に2回合えばいいんだね。

男の子、おもしろくてかわいい生き物です。

13歳・男の子

**ひすい
コメント**

欲しいものは自分で作っちゃう。これぞ、こどもの発想ですよね。

僕の知り合いのお子さんは演奏会の日に、学生服のネクタイを忘れたそうで、でも、写真を見たら、ちゃんとネクタイをしているんです。紙で急遽ネクタイを描いて、セロテープで貼っていたんだとか。僕もその写真を見させていただきましたが、見る分にはまったくわからない完成度でした。

息子が、はじめてホテルに泊まったとき。
「お母さん、靴はどこで脱ぐの？」と聞くので、
「ホテルの部屋では、靴を抜がなくていいんだよ」と答えると、こどもは、

「僕、この靴で、前にナメクジ踏んじゃったけど大丈夫？」

小1・男の子

ひすいコメント

人間って1日にどれくらい考えごとをしていると思います？　30回？　40回？　いえいえ。大人は1日に6万回以上の考えごとをしているそうです。どうせ心配するなら、この子のようにかわいく心配したいものですよね（笑）。かわいく悩もう。かわいく心配しよう。かわいく怒ろう。かわいく不安になろう。どんなネガティブなことだって、かわいかったらOKです。

「kawaii」は世界を幸せにする魔法です。

息子が4歳のときの会話。
「何歳まで一緒にお風呂に入って
くれるかなぁ」

「えーっと56歳」

「56?」

「あ、やっぱり60歳。

あ、65歳かな」

4歳・男の子

ひすい
コメント

「56歳、やっぱり60歳、
あ、65歳かな」と真剣に考
えてくれている息子さんに
胸がいっぱいです(笑)。

スーパーに行くと、どの列も長蛇の列で、店内放送でスタッフを呼ぶ案内が流れました。

「レジ応援をお願いします」

すると、息子が、

「頑張って〜。レジの人、頑張って〜！」

と応援を始めました。周りの人も笑ってました。

3歳・男の子

ひすいコメント

応援したいと思ったときにはもう声が出ている。そんなふうに生きられたら、死ぬ前に未練は残らないと思うんですよね。ちなみに死ぬ前に未練を残すと、幽霊になるそうですよ（笑）。みんながこどものように生きられたら、世界から幽霊がいなくなるのだ〜。

家に帰るとき、車に乗せられた孫に「バイバイ、またおいでね」と声をかけると、しばらく間があいて孫はこう言いました。

「ワンワン」

嫁の家には3匹の犬がおり、孫は犬と仲良しだったので人の言葉よりワンワンが出ちゃったんでしょうね。

1歳・女の子

ひすいコメント

想像すると、ほんとかわいらしい場面。ほのぼのしますね。実は、この方からは、もうひとつ別の話をお寄せいただいてます。この方のご主人が折り紙でつるを折り、お孫さんに渡したところ、お孫さんはなんとそのままゴミ箱に捨てに行ったとか。折り紙をゴミだと思ったんですね。そのときの驚くご主人の顔を想像すると、また違う意味で、ほのぼのできますね（笑）。

親戚の子が両親の父親を背の高さで、「おおきいじいじ」と「ちいさいじいじ」と言ったのですが、このとき、小さいじいじがちょっと悲しそうな顔になったのです。

すると、こどもは「おおきいじいじ」と

「かわいいじいじ」

と言い直して、小さいじいじをいたく喜ばせていました。

3歳・女の子

ひすいコメント

心配っていう字は心を配ると書きますが、これぞ、ほんとうの心配です。かわいいジイジ。素晴らしい！　これぞ、ニッポンのオモテナシの精神です！

ことばがやっと話せるようになった2歳くらいの頃から、お出かけする時は、必ずこういうんです。

「ジジと、パパと、ママと、さわくんと、おねぇと、みーーーんなで行くんだよ〜！」

家族全員の名前をひとりずつ大切に連呼してくれてました。

誰が教えたわけでもないのに、「家族」や「仲間」を思う気持ちがこんなに小さい頃からちゃーんと備わっていることに感動。

2歳・男の子

ひすいコメント

名前を大切にするってすてきです。プロ野球で大リーグに行った松井秀喜（まついひでき）さんのお母さんのお話を聞かせていただいたことがあるんですが、小さい頃からこどもを「秀喜さん」とさんづけで呼んでたそうです。名前を大切にすることは、相手を大切に思っている心の表れそのものなんですね。

家族で電車に乗ろうとしたとき、ベビーカーが間に合わなくて、パパが先に電車に乗ってしまいました。

パパが乗った、過ぎ去る電車を見ながら、娘は「待ってーーー」と腕を伸ばして大号泣。

「次の駅で合流するよ、大丈夫だよ」

と伝えても娘は泣き止まない。

「お父さんのこと、好きだもんねぇ」と話しかけたら、

「好きとか嫌いじゃないもん」と言うので、じゃあ、なんだろうと思うと、

「パパのこと、大好きなんだからぁー！」

参りました!!

3歳・女の子

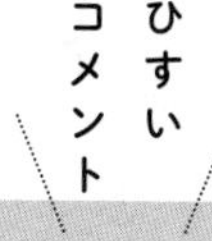

好きとか、嫌いじゃなくて、大好き。参りました。30ページでは、うんちに敗れたお父さんですが、今回は完全勝利です！

幼稚園で、園児たちの口論が始まりました。
ついに怒った男の子が、こうひと言。
「頭にきた！　もう、話しかけないでよ！！

どうせ、ピーマン食えないくせに！！！」

そうだ、そうだ。ピーマン、食べてから話しかけてくれってな。

5歳・男の子

ひすいコメント

「どうせ、ピーマン食えないくせに」
これがこども界の禁断の殺し文句なのだ。

幼稚園で、地球儀を眺めながら放った言葉は、

「えっと、おれんちは、どこだ??」

日本列島ですら、わずか3センチ表記なのに、地球儀の中から自分の家を一生懸命探してました。

3歳・男の子

ひすいコメント

こどもにとっては、わが家こそ世界ですもんね。ちなみに幕末のヒーロー坂本龍馬（さかもとりょうま）が、こどものころ遊びに行っていた親戚の家には世界地図が飾ってあったそう。龍馬もきっと自分の家を探したと思うんです。で、見つからなくて、日本は小さいって肌でわかったことが後の龍馬の世界観につながっていったように思います。

幼稚園で毎週金曜日は、おにぎりの日。

こどもたちがコンビニの話をよくするので、保育士の私はある日こう聞いてみました。

「どこのコンビニのおにぎりが一番うまいと思う?」

するとある子が

「俺のお母さんのがいちばんうまいっ!!」

愚問をしてごめんね。

5歳・男の子

ひすいコメント

逆に、うちのかみさんは料理が得意じゃないんですが、先日、ナポリタンを作ってくれたんですね。でも、味の加減を間違い、息子は「これ以上食べられない」とギブアップしたんです。

「あれ、でもさっき、とおちゃんはおいしいと食べてたよ」と、かみさんがいうと、息子がひと言。

「それはね、とおちゃんが優しいんだよ」

ついにバレたようです、僕の優しさが（笑）。

学校で流行りだした鳴き真似ゲーム。

「馬は?」と私が聞くと、娘が、

「ヒヒィーーーン」と答える。

「カエルは?」

「ゲロ、ゲロ」

「羊は?」

「メェーーー」

「じゃあ、ヤギは?」

「ヤギィー」

5歳・女の子

ひすい
コメント

これ、聞いてみたかった～。「ヤギィー」って（笑）。

これからはヤギは「ヤギィー」って鳴くことにしましょう（笑）。

ちなみにキリンはどう鳴くか知ってます？

「モー」

まるで牛みたいに鳴くんです。

ふとしたことで娘と勝負をすることになりました。
娘は言いました。
「私が負けたら、ママの肩たたきしてあげる。
でも、私が勝ったら、
なぞなぞたくさん出すからね！」

6歳・女の子

ひすいコメント

これね、社長さんたちにぜひ見習ってほしいです。

「よし、今月から営業成績がふるわなかったものには罰があるぞ。なぞなぞたくさん出すからな」

逆に社長のなぞなぞ聞きたくないって営業成績が上がったりして。

こどもが何気にベタベタしてくるので、ワザと素っ気ないフリをしたら、

「ぼくはママのことが泣きたくなるほど好きなんだ！」

と真顔で言われ思わずギュッ。

5歳・男の子

ひすいコメント

いい話だな〜。

「泣きたくなるほど好き」

ここきっとアンダーラインして、今度、片思い中のあの子にそう伝えようと思ってる人、いるでしょうね。健闘を祈るよ。報告こちらまで待ってるね。

hisuikotaro@hotmail.co.jp

ファンメールも寝ずにお待ちしています（笑）。

3歳の娘のハナと、スケートに出かけたんですが、娘は転んでばかりで氷上で立つこともできませんでした。家族で疲れ果てて家に帰ってきて、娘に感想を聞いてみました。

「ハナ、スケートどうだった？　いっぱい転んだねー」

「ハナねー、いっぱい転んだから、いっぱい練習できたんだよー。

いっぱいいっぱい練習できたから、いっぱいいっぱい上手になるんだよー。だからね、ハナはよかったんだよー。おとうさんより、よかったんだよー。楽しかったー♪」

3歳・女の子

ひすい
コメント

素晴らしい。転んだ分だけうまくなれることを知ってるんですね。だから、転ぶことすら楽しい。まるで発明王エジソンのような発想です。エジソンはランプを発明するのに1万回の失敗をしたといいます。「よくそんなに失敗してめげませんでしたね?」と言われて「わたしは一度も失敗していない。この組み合わせはダメだと発見したのだ」と答えています。

保育園のお遊戯会でのこと。
かわいい衣装に身を包みトコトコステージに登場する息子。
セリフが聞こえてくるかドキドキの私。
キョロキョロしてる彼。すると突然、

「ママーーっ」

と、大声で私を呼びステージ上から大きく手を振る彼。
思わず大きく手を振る私。
そして、何故か涙が溢れる私。
その後、彼は何事もなかったように劇のセリフを言って出番を終え、
ステージの袖へ去っていきました。

4歳・男の子

ひすいコメント

この話、絵が浮かんでなぜか僕も涙。演劇発表で「ママーーーー!!」と叫ぶ。これ、大人では絶対にありえない。だって「恥ずかしいから」「演技中だから」。でも、こどもには、そんなの関係ないんですね。だって、心がそう叫んでるんだも〜ん。

家から外に出かけるときは、普通「行ってきます」と言って出かけます。

でも、うちの娘は出かけるときに『行ってきます』って絶対に言わないんです。なんでだと思いますか？

もし、この日、家族に何かあったら、別れの最後の言葉が「行ってきます」になってしまう。

「『行ってきます』が最後の言葉になるのは絶対に嫌だから」

じゃあ、なんて家族に言って出かけると思いますか？

「大好き！」

中学生・女の子

ひすいコメント

もう、これは「キュンとくるで賞」大賞受賞です！　僕なんか、家を出るときに妻から「今日は早く帰ってこないように！」って言われますからね。もう、ほんとに逆の意味で、キュンと震え上がりますよ（笑）。

ひすい家
コラム⑥

悲しみと思いやりは双子の兄弟

「とおちゃん、とおちゃん、木にいたんだよ。カブトムシが！！！」と、大興奮して小学生の息子が、カブトをつかまえてきたことがありました。そして、息子は大事に玄関で飼っていました。

しかしある日のこと。僕が家に帰ったとき、玄関で息子がちょうどカブトにエサをあげてまして「おおおお。カブト見せて見せて」と僕がカゴからとりだして、角を持ち上げようとした瞬間、パタパタパタ……。

突然、カブトは空高く舞いあがり、そのまま夜の闇に消えていってしまったのです……。

声をあげることもできず、ただ呆然とする息子。息子が大事にしてたカブトを僕が逃がしてしまった……。しかし、息子は僕をまったく責めず、ただこうひと言。

「とおちゃん、カブトって飛ぶんだね……。」

初めて見たよ……」

そういう息子の肩はガックリ落ちていて切なかった。でも、それを知ったかみさんがひと言。

「カゴから抜け出して飛ぶとき、カブト、気持ちよかっただろうな〜」。

僕は自分を責めていて、
息子は、そんな僕を思いやってくれて、
妻は、カブトの起死回生の逆転劇に胸躍らせている。
そんな全体図を眺めて笑っている娘。
同じ出来事でも織りなされる心の動きはそれぞれです。
悲しみと思いやりはきっと双子の兄弟。
悲しみのあるところに、同時にその背後にはそっと思いやりが生まれているんです。

ひすい家
コラム⑦

最下位争い

小学生の運動会の徒競走は6人で走ります。6人中、息子はいつも5位か6位。4位にくいこめたことは一度もありません。そんな息子は、

「とおちゃん今回はイケるぜ。最低でも2位はイケる!」

と豪語していたのです。最低でも2位宣言。

というのは、足の遅いメンバーばかりの6人で走ることになったようで、今回ばかりはうれしそうでした。そして運動会当日。いよいよ息子の番で、僕もバッチリ撮影の準備をしました。

でも、まさかね、まさか、キミがぶっちぎりの最下位でゴールするとは、とおちゃん、夢にも思わなかったよ。

でも、最下位の6位の列で並んでいるキミを見たときに驚い

た。

キミのその満面の笑みぶりに……。

最下位仲間で君は楽しそうに盛り上がっていたね。

最下位なのに、満面の笑顔の君こそ、とおちゃんの心の中では、

ぶっちぎりの1位だったよ。

最悪でも笑えてるって、最高だよ。

それこそほんとの金賞だ。

ひすい家
コラム⑧

夢の日替わり弁当

娘が小学生だったときに、「夢はあるの?」って聞いてみたことがあります。

「生協でレジをやってみたい」

僕は娘の肩に手をあて、こう励ましました。

「大丈夫。夢はすぐ叶う!」


息子にも聞いてみました。息子の答えは……、

「俺の夢は毎日変わる!」


なんだか、えらそうだね(笑)。

でも、日替わり弁当みたいに夢が毎日変わるのも楽しいね。

「ちなみに昨日の夢はなんだったの?」

「消防士!」

「じゃあ今日の夢は？」

「人生ゲーム100連勝！」

僕は息子の肩に手をあて、こう言いました。

「その調子で、いつまでもおバカでいてくれよ」

数日後、また聞いてみたんですが、今度はこう言ってました。

「とおちゃん、おれね、お金をためて、おじいちゃんになったときに歯を全部金歯にするんだ。そして太いタバコ（葉巻のことだろうね）を吸うんだ。とおちゃん、俺の夢すごくないか？」

うん。すごい、すごい（笑）。

こどもを見てると、いつも思い出します。

そうだった……。僕らの魂は、100年間の休暇をとって、この地球という自由な星に遊びにきたんだったって。

やらなければいけないことを深刻にやるのが大人。
やらなくてもいいことを無邪気に楽しむのがこども。

明日から沖縄旅行だよって言われたら、あれもしたい、これもしたいってワクワクしますよね。人生も一緒。僕らは地球という星に旅行に来てるんです。だから、毎日が遠足の前日であり、本来、なにをしたっていいんです。もっと自由にね。
旅行に成功も失敗もありゃしないんですから。
人生は100年の夏休み。
もっと肩の力をぬいて、もっと気楽に、いまこの時間を楽しもうか。

ひすい家

コラム⑨

天才の父をもつ息子

息子が小5のとき。

「なあ、とおちゃん、ちょっと宿題みてくれよ」と頼んできました。

息子がもっていたテキストには、先が見えないくらい長い距離の吊り橋の写真がのっていた。その写真から物語を想像して書く、という宿題でした。

「おもしろい宿題だね。で、どんな物語考えたの?」

「んとね、ふたりの小学生の兄弟がその吊り橋の向こうにある、おばあちゃんの家に遊びに行くんだ。でね、吊り橋を渡り始めてしばらくて立ち止まって景色を見てると、ミシミシミシって聞こえてくるんだ。なんだろうと思って振り返っても誰もいない」

「おおおお。いいね、いいね、そのミステリーな感じ」

「立ち止まってるのに、ミシミシって音がどんどん大きくなってきて。で、吊り橋の向こうから黒いカタマリが見えて、それが次第に大きくなっていくんだ。弟の方は、『おにいちゃん、怖いよー』って叫ぶ」

「ハラハラな展開じゃん！！！　いいね！　いいね！」

「でね、とおちゃん、その黒いカタマリが迫ってくるんだけど、なんと、クマだったんだよ」

「ワオ！！！　絶対絶命じゃん！」

「で、兄弟たちの目の前までクマが迫り、クマは二本足で立ち上がり、『グワオーーーーー！！！！』と言って兄弟を食べようとした、まさにその瞬間！」

「おおおおお。その瞬間どうした？」

「いや。とおちゃん、ここから先は、考えてないんだよ」

「なんだよ、そこからが肝心じゃん」

で、息子は、こう聞いてきたわけです

「参考までに、とおちゃんならこの先、どう続ける？」

ベストセラー作家としての父の実力を試しにきてるような目で

息子は僕を見るわけです（笑）。

そんな目をされたら、僕も実力を見せないわけにはいかない。

僕は息子にこう物語の続きを話し始めました。

「クマがその兄弟を食べようとしたまさにその瞬間、そのクマは鋭い爪をもつ右手をなんと、自分の頭の上にのせたんだ。そして、頭にのせた手をスポーーーーーーンと上に伸ばしたんだ」

「おおお。とおちゃん、そしてどうなるんだ？」

「クマが、スポーンと頭を脱ぎ捨てると、なんと、おばあちゃんだったんだ」

「クマはぬいぐるみで、中におばあちゃんが入ってたってこと？」

「そうだよ」

息子は僕の目を見て黙っている……。
しばし沈黙が続いたあと、ぽつりとこう言いました。

「とおちゃんって、ほんとうに天才だったんだな……」

え⁉
よかったの？
いまの完璧だったの？
「とおちゃん、ハンパねえよ」
息子はしきりに感心していました。
そんなによかった？（笑）

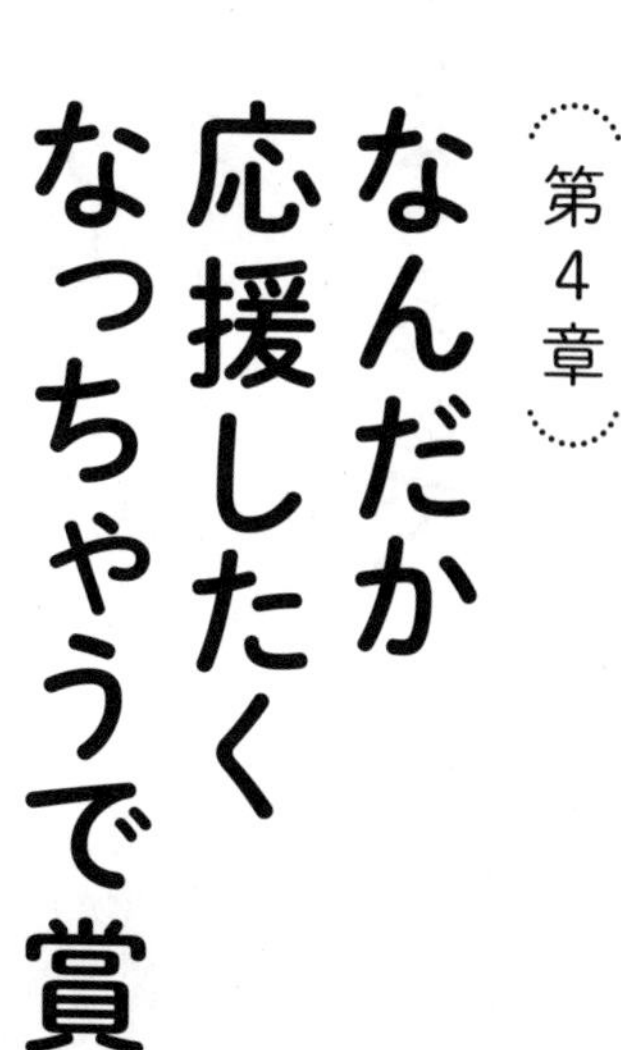

第4章 なんだか応援したくなっちゃうで賞

好きな授業は？
息子の回答
「きゅうしょく」
勉強面で困っていることは？
息子の回答
「ぶきようなので、
ついていけない」

小6・男の子

ひすい
コメント

ただ、「勉強についていけない」というのではなくその前に「不器用だから」という理由がつくだけで、これほどまでに共感が増すんですね（笑）。勉強できなくたって大丈夫だよって、おもわず頭をなでなでしてあげたくなったで賞ですね。

幼稚園の息子がサッカーに目覚め、ちょっと男っぽくなってきました。毎日、自分が眠くなると、息子にこう言われるようになりました。

「ママ、早く俺を寝かしつけろや！」

究極のツンデレにメロメロになりました。

4歳・男の子

ひすいコメント

幼稚園児からのまさかの上から目線。次は「ママ、おむつかえろや！」かな。

息子の理科のテスト。

「この実験器具は何のために必要なのでしょうか?」

「念のために」

「~の実験をするには、○○と○○と、あとひとつ何が必要ですか?」という問題に、
息子の解答は

「ぼく」

小4・男の子

ひすい
コメント

実験つながりですが、絶対にバツにできないお見事な解答です。うちの息子が「白鳥」の読み方を「ダチョウ」と記していたときも、むしろ丸にしてほしいって思いましたけどね。

ちなみに、ある方が小学生のときに「好きなものは?」という質問に「おんな」と書いたらバツをもらったそうです。なんでバツなんだろうと思って、隣の子をみたら、「カエル」と書いてあって、それはマルだったとか（笑）。

娘が、クラスの会長になった。授業中、騒がしいクラスメートを止めるのが会長の役目らしい。でも、なかなか静かにならないので、担任の先生が娘に「静かにさせられないなら、会長やめさせるよ！」と。

その日、娘は家に帰るなり、こう啖呵（たんか）を切る練習を何度も何度も繰り返していました。

「私は先生の理想の会長ではないかもしれませんが、

私が思う理想の会長になろうと思います」

明日、先生にそう言い返すらしい。

娘よ。がんばれ。

9歳・女の子

ひすいコメント

僕までアツくなった。娘さん、がんばれ！

小学5年、小学1年、1歳10カ月と、3人の息子たちがゲームで遊んでいる隣で、洗濯物を干していたら、三男が手伝ってくれたので、「ありがとう、助かるよ。嬉しいよ」と三男に伝えたあとに、長男と次男にはこう言ったんです。

「あなたたちも、前はお手伝いが好きだったのにね」

すると、次男が、

「好きだったことが好きじゃなくなるのも成長してるってことだ。だから、お手伝い好きじゃない！

成長したなオレ！」

ドヤ顔の次男と、よくぞ言ったという長男の笑いに一本とられて笑うしかない母でした。

小1・男の子

ひすいコメント

うん。成長したね。ちなみにうちの息子は先日、かみさんにこう言ってました。

「かあちゃん、おれ、もうマリオブラザーズのTシャツ着たくないよ～」

あれだけ大好きだったマリオ。でも思い取りにゲームができるようになったから飽きちゃったんですね。これもまた成長です。

思い通りにいかないからこそゲームはおもしろいわけです。それは人生も一緒。思い通りにいかないからこそ、生きる価値があるのです。

気になるものを見つけると、すぐに「買って〜」とだだをこねる息子。
あるとき、おみやげコーナーで、珍しいペンを見つけて、案の定、「買って〜」とおねだり。「ダメ！」と即答すると、息子は

「芥川賞とるから−‼」

そこで芥川賞？

12歳・男の子

ひすいコメント

もしデパートで、「これ買って〜買って〜。芥川賞とるから」ってジタバタしてる子がいたら、なんか買ってあげたくなっちゃいますね。とっさに出たのが、ノーベル賞でもなく、アカデミー賞でもなく、芥川賞というところに、センスを感じますね。末恐ろしい子です。

中学生になった息子は、生意気な言葉を連発。とにかく、ああ言えばこう言う。あきれたわたしが、
「こういう時期だからしょうがないか～」と言うと、息子が一言。

「あぁ。オレ、繁殖期だから！」

それ、反抗期だから！

14歳・男の子

ひすいコメント

「ああ。オレ」まではかっこよかったんですけどね。やっちゃいましたね。思春期って、とかく、やっちゃうもんなんですよね。「ああ。オレ、農繁期だから！」って言わないだけまだよかったです ね。

ひすいの息子が小学校5年のときの発言です。

お菓子を食べたら、口のまわりが砂糖だらけになっていまして、

「口の周りが砂糖ついてて汚い！」

と、かみさんに叱られていたんです。

でも、息子はこう返していました。


「これは非常食だ！」

「……」

ひすいコメント

さすが、ものの見方を伝えることをミッションとしている、ひすいこたろうの息子だけありますね。口の周りについた砂糖は「非常食」と見るんです。そして服についてしまったケチャップは、「紅葉」とみます（笑）。息子の迷言集だけをまとめた『できないもん勝ちの法則』（扶桑社）もめちゃめちゃ面白いので合わせてよろしくお願いします。

ひすい家
コラム⑩

大スターがここにいた！

欽ちゃんこと萩本欽一（はぎもときんいち）さんの、あるテレビ番組での話。欽ちゃんが、15歳のある少年に好きなものを聞きました。すると、少年はこう答えました。

「お母さんの作ったおいなりさん」

それを聞いた欽ちゃんは、「大スターがここにいた！」と大騒ぎしたそうです。「お母さんの作った〝おいなりさん〟」

この回答に、欽ちゃんはなんで大騒ぎしたのか……。

「これぐらいの少年に『好きなもの』を聞いたら、普通は食べ物とか、あるいはタレントの子なら、もしかすると『踊り』って言うかもしれない。そこへ『お母さん』って出てきたのはドキッてするでしょ。しかも、そこに『おいなりさん』をさらに一個乗っけたっていうのが並みじゃない。
お母さんが一生懸命おいなりさん作ってる姿を、こどもにきちっと見せてきたんだろうね。単においなりさんじゃなくて、『お母さんの作った』って限定しているのは。それから、まだそれほど外に出ていないこどもが、家の中できちんと好きなものを見つけている、そのこともまた、とてつもないことだと思う」

6年後、欽ちゃんの予言通りになりました。その少年は女性誌の『anan』の好きな男ランキングで1位に選ばれることになります。少年の名前は木村拓哉。それから15年連続で第1位を独走します。

さて、一方、うちの息子の話です。

初めてかみさんがつくったグラタンを食べたとき、息子は「かあちゃん、なにこれ!?」とテンションが爆発しました。グラタンの味が大ヒットだったようです。「こんなに喜んでくれるとは!」と、かみさんも大喜び。僕は「今まで食べたなかで一番おいしい?」って聞いてみました。息子は、まだなおグラタンのおいしさに身をよじらせており、その状態のまま指で、2位、2位と示しています。

「じゃあ、1位はなんなの?」

すると、息子は

「柿の種!」

真顔なので、冗談じゃないようです。

「1位は柿の種?」と知りガックリきているかみさんを笑いなが

ら、僕は「大スターがここにいた！」と大騒ぎしました。

参考文献『ユーモアで行こう！』萩本欽一（ロングセラーズ）

ひすい家
コラム⑪

人生に意味のないことは存在しない

まだ息子が小学校低学年で、自分でお尻が拭けなかったころ。毎朝、僕が息子のアフターウンコのお尻を拭いてあげていました。

「でた〜〜〜〜〜〜〜」

という息子の掛け声を合図に僕がトイレへ駆けつけるわけですが、あるとき、息子はこう切り出してきたんです。


「とおちゃん、いつもは『でた〜〜〜〜〜〜〜』というのが合図だけど、変えていいかな?」

「うん。合図の変更か。オッケー。で、新しい合図は?」

「今度さ、ウンコでたら、『ティ二♪ティ二♪』って言うから」

「ティ二?ティ二? なんなのそれ?」

「なんとなくだよ、とおちゃん」

息子は、いつも、「なんとなく」という気持ちを大切にしている。というわけで、息子がトイレで「ティニ♪ティニ♪」といい、僕が「イエス・サー」と駆けつけるという毎朝が始まりました。

「ティニ♪ティニ♪」
「イエス・サー」

「ティニ♪ティニ♪」
「イエス・サー」

「ティニ♪ティニ♪」
「イエス・サー」

「ティニ♪ティニ♪」

「イエス・サー」

隣の家の人が聞いていたら、何をやっていると思うんでしょうね。まあ、それはいいとして、かのジョセフ・マーフィーはこう言っています。

「人生に無意味なことは一切存在しません。そのときは、無意味に思えても、いつか役立つことが必ずあるのです」

「ティニ♪ティニ♪」

「イエス・サー」

　いつか役立つ日がくるんでしょうか（笑）。


意味を求める大人。

無意味でも楽しめるこども。

なんの役に立たなくてもいいよね。

そもそも命って役をこえてるんだもん。

ひすい家
コラム⑫

過ぎ去ったと書いて過去

ある夜、家に帰るとかみさんは寝ていました。しかし、いつも一緒に寝ているはずのこどもたちが起きていたんです。こどもたちは、なにやらテーブルで黙々と作業をしていました。かみさんの誕生日が近づいているので手作りでプレゼントをこっそり作っていたのです。

誕生日のサプライズプレゼントかい！

いいね、いいね。

で、誕生日当日。家に帰ると、サプライズタイムが待っておりました。

「かあちゃん誕生日おめでとう！！！　プレゼントがありまーす」

と、娘が発表し、手作りのティッシュケースを渡し、僕はzucca のシャツをプレゼントしました。さて息子の番です。

「…………」

うん？　どうしたんだ？

息子は複雑な表情を浮かべたまま、無言……

「どうした？　どうした？」

と声をかけると息子は……。

「かあちゃんのプレゼント、どこにしまったか、わかんなくなっちゃって……」

僕は、しょんぼりしている息子の頭をなでなでしまくりました。息子よ、ある意味、とおちゃんにとっては、これが今年一番のサプライズプレゼントだよ。昨日プレゼントかくした場所、思い出せなくなっちゃったんだね。

1年前の悩みを覚えてる人って100人いたら二人、三人なんだそう。つまり、たいがいの悩みは1年後には忘れているわけですが、息子の場合は何もかも2日以内に忘れるということが今回の事件で発覚しました。

過ちは過ぎ去ったと書いて過去。過去は手放していいのです。
それも2日以内に（笑）。

ひすい家
コラム⑬

風に吹かれて

小5のときの息子の大好物はマクドナルドのテリヤキバーガー。

一方僕はケンタッキーのチキンフィレサンド。初めて食べたファーストフードがチキンフィレサンドだったこともあり、そのおいしさが衝撃で、しばらくずっとレシートを大事に机の中に保管しておいたほどです。で、ある日のこと。息子がマクドナルドに行きたがったので、僕は息子にこう言いました。

「なあ、テリヤキバーガーが好きなのはいいけど、ケンタッキーのチキンフィレサンドを一度も食べたことがないだろう？　チキンフィレサンドを食べずして、テリヤキ、テリヤキと言っているのも、とおちゃんはどうかと思う」

まあ、冷静に考えれば、こんな発言がそもそもどうかと思いますけどね（笑）。

「とにかく今日はマックじゃなくてチキンフィレサンドを一度でいいから、食べてみないか?」

と、息子をケンタッキーに連れていったわけですが、息子は、一口、チキンフィレサンドを口に運ぶなり動きが止まりました。

「と、と、とおちゃん、なんだよ、これ!!!!!!!!」

「な? な? な? うまいだろう?」

「とおちゃん、うまいなんてもんじゃないよ」

「だろ? マックのテリヤキ越えて1位だろ?」

そうたずねると、息子は「うまいうまい」と騒ぎながらも人差し指と中指をかかげました。

2位ってことです。

「とおちゃん、チキンフィレサンド、確かに味的にはテリヤキを越えてる。でも、総合すると、1位ではなく、やっぱり2位だよ」

「なんでなんだ？　味は1位なんだろ？」

「かあちゃんに車でドライブスルーで買ってもらって、車で窓をあけて風をうけながら食べるテリヤキバーガーが最高なんだよ」

風を受けると、テリヤキの方が上になるようです（笑）。

風も味わいのひとつなのか……。

五感全部で味わう。それがこどもごころというものです。

大人になると、風すらあんまり意識しなくなりますが、こどもは風をちゃんと感じているんです。だから、こどもの心を大切に描く宮崎駿（みやざきはやお）監督のアニメでも、大事な場面は必ず風が吹く。

そういえば、ボブディランも歌っていました。

「テリヤキは風の中に」って。

違うか。

「答えは風の中に」

第5章 ハッとするで賞

3年間お世話になった保育園の先生が異動になりました。娘は泣いてしまったので「寂しいの?」と聞いてみると

「ちがうよ。先生にありがとうの気持ちで泣いちゃったの」

4歳・女の子

ひすいコメント

感謝の中には、謝るという文字があります。ありがとうのなかには、「ごめんね」も含まれているんです。同じように、寂しさのなかにも、悲しさの中にも、ありがとうが含まれてるんですね。どんなときにもありがとうはある。そのことを思いださせてくれてありがとう。

産後、子育てに疲れて、鬱（うつ）になり泣き暮れる日々。いよいよもうダメだと思ったときに、娘がいってくれた言葉。

「受け入れなさい。笑って信じよう」

こどもの言葉とは、思えませんでした。
それでも笑えず、驚いている私に、娘はもう一言。
「納得するな。笑え」

3歳・女の子

ひすいコメント

こどもは、お母さんを守るために生まれてきたそうです。
こどもは、ちゃんとこの世に目に見えるかたちで存在する
小さなカミサマなんです。
受け入れなさい。笑って信じよう。人生を。

夜寝る前に「パパとママのところに生まれてきてくれてありがとう」
と言ったら、2歳になったばかりの娘が突然、

「プレゼント」

と言い出してびっくりしました。
自分はパパとママのところにやってきたプレゼントだとわかっていた
のかな？

2歳・女の子

ひすいコメント

これ、こどもから見たら、今度は両親こそ最高のギフトになりますよね。自分では絶対に起こせない奇跡、それは、生まれてくるという奇跡です。どんな親だったにせよ、その奇跡を起こしたのは両親だからです。親子の関係はどちらから見てもプレゼントなのです。

4歳の娘と3歳の双子の息子のおやつの時間。いつもは3人がケンカしないよう、私が均等に分けて与えていました。しかし、ある日、袋菓子を一袋「今日は3人で分けてね」と渡してみました。一個づつ配っても2個残る。ひとつ足りないのです。

覚えたてのじゃんけんで決めるのかと興味津々でみていたら娘はニコっと笑って、残ったお菓子をもって長女が祀(まつ)ってあるお仏壇に。

「これ、お姉ちゃんの分」

と小さな手を合わせお供えしたのです。

実は、長女は1歳で心臓の病で他界しており、その仏壇に手を合わせていたのです。残った双子の息子らも「お姉ちゃんの分忘れてたね～」とニコニコしながらおやつを食べてました。

自分たちより小さい赤ちゃんの写真でしか見たことがないのに、こどもたちにとっては、やはり姉なのだと。また他界してもなお、妹や弟のケンカの芽をつんでくれる姉なのだといたく感動したことを思い出しました。

4歳・女の子

ひすいコメント

こどもは親の〝言ったこと〟を守りません。でも、親の〝やっていること〟は真似します。きっと、亡くなったお子さんへの仏壇のおまいりをお母さんが一生懸命されていたからだと思います。その姿に心を打たれていたからこその、お子さんたちの行動なのでしょう。

息子が幼稚園生の時です。朝の支度のときに、「早く、早く。時間がないから」とせかすと、息子はこう言いました。

「どうしてお母さんの時間はないのかなぁ。僕の時間はいっぱいあるのになぁ～」

幼稚園生・男の子

ひすい
コメント

相対性理論を発見したアインシュタインは、こう言いました。

「熱いストーブの上に1分間手を載せてみてください。まるで1時間ぐらいに感じられるでしょう。ところがかわいい女の子と一緒に1時間座っていても、1分ぐらいにしか感じられない。それが相対性というものです」

そう。時間は心が創り出しているんです。だから相対性なんです。そして、こどもの心は、いつも、いま、ここにあり、過去や未来の余計な心配に向かわないので、時間がいっぱいあるんです。

「やらなければいけない」と思っていると時間に追われて、「やりたい」と思っていると時間が味方してくれます。

息子がテレビに向かって、「ありがとうありがとう」といっているので、「どうしたの?」と聞くと、

「このテレビは僕の大好きな仮面ライダーをいつも見せてくれるから、ありがとうって言ってるの」

6歳・男の子

ひすいコメント

こんなところにまで感謝できるんですね。僕も忘れずに感謝しておこう。

「冷蔵庫さん、僕の大好きなモナカアイスをいつもキンキンに冷やしておいてくれてありがとう」

息子がある日、こう言っていました。
「何年も何年も生きている。
お年寄りなのに大きな背中に人間を何人も乗せている。
重いだろうなぁ。

地球の肩を
たたいてあげたいなぁ。

ありがとう地球」

9歳・男の子

ひすい
コメント

大人は地球環境を破壊してるけど、こどもは地球の肩をたたいてあげたいと思ってるんですね。心からこどもを見習いたい。

ある日、娘と「大きくなったら何になりたい？」の話題に花が咲いていました。

娘「わたし、パイロットになるんだ～！」

母「へー飛行機いいよね～。外国とか行くんだ」

娘「じゃぁ、お母さんは大きくなったら何になりたいの？」

母「へ?! わたし!? 大きくなったら!?」

私にもまだまだ未来があったんだ！

言葉をなくして、思わず泣きそうになったことを思い出します。

5歳・女の子

ひすい
コメント

100歳を越えて、長寿として有名になった泉重千代（いずみしげちよ）さんは、マスコミの取材で「どんな女性がタイプですか？」と聞かれて、こう答えていました。

「わしは年上が好きじゃの」

100歳を超えたって希望も未来も好みだってあるんです。しかし、その時点で泉さんより年上は日本に誰もいなかったそうです（笑）。

従兄弟のこどもと車から夕陽を見ていました。
「夕焼けがきれいだねー」と言うと、こどもは、

「うわぁ太陽さ〜ん、今日もありがとうございました〜。明日もよろしくお願いします〜」

何気ない日々の中で当たり前のように登っては沈む太陽に、こうして感謝の気持ちをもてること、素晴らしいことだなぁとハッとさせられました。

4歳・男の子

ひすいコメント

算数ができるよりも、国語ができるよりも、自然に感謝できる感性こそ、何よりもすばらしいんじゃないでしょうか。昔の日本人は、おてんとうさまが見ていてくれると、いつも心に太陽を感じ太陽に手を合わせて生きてきました。その感性が体の中に僕らも残っているはずなんですよね。

マクドナルドに行って、外へ出ようとしたら外から若者が5～6名入ってこようとしたので、小5年の娘はドアを押さえて若者たちが入るのを手助けしました。しかし、若者はお礼もなしにただ素通りしただけ。すると、娘が一言。

「いまどきの若者は、挨拶のひとつもできない」

「これだから、いまどきの若者って言われるんだよ。ありがとうの言葉は大事なのに……」。娘はそう言っていました。

小5・女の子

ひすい
コメント

ある小学生が将来の夢に「大きくなったら町でティッシュ配りをしたい」と書いていたとか。

どうしてそんな夢をもったのか、その子に聞いてみたら、町でティッシュ配りをしているお兄さんがとても楽しそうに配ってたからだとか。

かっこいい大人が増えれば、こどもはすぐに真似して変わるんです。

一緒にかっこいい大人になろうか。こどもたちのために。

甥っ子とデパートで開催していた作品展にいきました。
会場に入ったとたん、甥っ子が「うわー美しいねー」と言うのです。
「どれが一番美しいと思う?」と聞くと、目を閉じて、

「ぜーんぶ美しいでしょー」

甥っ子の言葉にハッ! とさせられました。
そうだ。この世に存在するものは全部が美しいんだ。

3歳・男の子

ひすい
コメント

僕もついついこどもに聞いちゃいますが、「どれが？」っていうのがそもそも大人の発想なんでしょうね。

小学校から帰った息子が、あれこれしゃべり始めましたが、私はパソコンに向かったまま気のない返事をしていました。

すると、息子がひとこと。

「お母さん、聞いてるの？

いまボクが、世界でいちばん大事なこと、しゃべってるかもしれへんねんで！」

ハッとしました。

6歳・男の子

ひすいコメント

そうだ。そうだ。なにをしていたって、どこにいたって、誰といるときだって、いま、この瞬間こそ、世界で一番大事な場面だ。

大人はすぐ明日のことを考える。でも明日会う人を今日だきしめることはできないんだ。

他人の一言に傷ついて、イジイジしていた私。

そんな私に息子がアドバイス。

「ママはね〜。もっと聞き流した方がいいよ〜。

ぼくを見習ってごらんよ。みんなに怒られすぎて、

ほとんど聞いてないんだよ〜♪

これ、楽チンだよ♪」

「そっか〜。ありがとう〜。見習うね〜。って、じゃあ、私の小言は、ほとんど聞いてないってこと?」

「うん。聞き流しているとね、意外と早く終わるもんだよ〜」

12歳・男の子

ひすいコメント

怒られて凹(へこ)んでいる全国の皆さんに、ぜひこのメッセージを届けたい（笑）。

体調を崩しソファーで横になっていたときのことです。
息子がきて私のおでこに自分のおでこをくっつけてきたのです。
私「お父さんの風邪がうつるし離れていなさい」
息子「それでいいんや！

オレにカゼをうつして。お父さん楽になるやろー」

私「……」
息子「だって、こどもは風の子やろ」
私「それ、カゼ違いやろー」
妻もこの話を聞いていて、おもいっきり笑っていました。

小4・男の子

ひすいコメント

この子に惚れちゃうね。でも、大人だって負けてない。毎年1月1日、東西南北の四方に向かって、こう祈ってる方もいるのです。

「今年もし日本に災いが起きるならば、まず私の体を通してからにしてください」。こう祈ってくれてるのは天皇陛下です。この四方拝は宮中で一年の最初の儀式になります。日本国民の代わりに私が不幸を背負いますと祈っている人がいるのです。

「さらちゃんはね〜。ママを助けるために生まれてきたんだよ。天国でね〜。みんな並んでいたんだけど、

走って追い抜いて、急いで来たんだよ」

「え〜、なんで覚えてるの？」

「記憶を消すときね〜。ヘルメットみたいなの被(かぶ)らなきゃいけないんだけど、終わってないのに早めに『終わりました』って言ったんだよ〜」

9歳・女の子

ひすい
コメント

こどもは、ママを助けるために、生まれてきたという話は、今回の募集でもかなりありました。ほんとうにそうなのかもしれませんね。でも今回、そこに新たな情報が加わりました。ママを一刻も早く助けたくて、走って追い抜いてきてくれたんですね。

そう思ってこどもに接したら、もうちょっと優しくなれますよね？

「はやく大きくなって、かなちゃん（お姉ちゃん）を肩車してあげたいなあ」

これは、遊園地でショーを後ろの方から見ていたときに、3歳の息子が、6歳のお姉ちゃんにむけて言った言葉です。うちは母子家庭でお父さんがいないので、お父さんの肩車で高いところから見ている子がうらやましかったんでしょうね。

弟が肩車できるような大人になるころには、お姉ちゃんも大人なのだけど……。

3歳・男の子

ひすい
コメント

お父さんがいない、その「寂しさ」から「優しさ」が生まれるんですね。心に深く染みました。

娘が幼稚園の頃、家族でキャンプに行き、海でホッケが1匹釣れたんです。まだ生きていたのでクーラーボックスに海水を入れて泳がせていました。娘は「ホッケさんかわいいね」と、しばらく眺めていましたが、ほどなく死んでしまいました。死んだホッケを見て娘はひと言。

「あとはおいしく食べるだけ」

これって一番の供養であり感謝の仕方だと思いました。

幼稚園生・女の子

ひすい
コメント

なぜ箸置きがあるのか教えてもらったことがあります。供養のためだそうです。あれこれ一気に食べずに、ひとつひとつしっかり箸をおいて味わうため。命は命に支えられているのが現実。ならば、しっかり感謝しながら味わう。それが供養なのだと。この子はそういうことがわかっているんでしょうね。

嫁と夫婦喧嘩をして、そのあと、ひとりこたつに入っていると
息子が膝に座り、耳元でこう言ったんです。

「とうたん、ケンカばかりしていると神様が周りからいなくなるからケンカしたらあかんで」

そして、何もなかったようにテレビを観にいきました。

4歳・男の子

ひすい
コメント

4歳の子に、そんなことを耳元でささやかれたら、ノックアウトですね。一緒にいたくない人ランキングでも1位は「不機嫌な人」だそうです。「人間の最大の罪は不機嫌である」なんて言われたりしますからね。

不機嫌はまわりからも神様からも嫌われるってことです。

逆を言えば、人は機嫌がいい人の近くにいたいってことです。

ひすい家
コラム⑭

リコーダー事件1

こどもたちの授業参観に行ってきました。娘はそつなくこなし問題なし！　さて、息子です。息子は音楽の授業で、リコーダーを吹いていました。

勉強ダメ、体育も苦手ときたら「音楽はイケる！」。そう思うのが親心。そして、いざ、リコーダーの授業。息子は一番後ろの席だったこともあり、じっくり観察できたわけですが、息子は、みんなの指の動きと違うんですね。微妙に違うどころかあきらかに違うのです。おかしい……。

授業が終わったあと、僕は息子に聞きました。

「リコーダーまったく吹けてなかったよね？」

「うん。とおちゃん、オレね、『シー』しか吹けないから」

「『シー』しか吹けないだと!?　じゃあ、先生に叱られるだろ？」

「だいじょうぶだよ、とおちゃん。適当に指を動かして、あとは気持ちよさそうな顔して吹いてると案外バレないんだよ」

「……」

息子よ、〝ドー〟しか吹けないならまだわかるが、なんで〝シー〟なんだ？　と、疑問はつきぬわけですが、よく考えてみたら、リコーダーを吹く目的は、音楽を楽しんで、気持ちよく人生を過ごすためですよね？　でも、息子は楽器を吹けなくても、すでに気持ちよく過ごしているんです。

「シー」しか吹けなくたって今すぐ幸せになれるんです。

幸せになるのに条件はいらない！

息子からそう教わった気がしますが気のせいでしょうか？（笑）

追伸　息子へ。先生にバレてないんじゃなくて先生はただあきれてるだけだと思うよ。

ひすい家
コラム⑮

リコーダー事件2

さて、問題の日がやってきた。息子の苦手なリコーダー、そのテストの日。シーしか吹けない息子は、どうリコーダーテストをのりこえるのか、僕は興味津々でした。テストはひとりひとり先生の前で吹きますからごまかしようがありません。さてテストを終え、息子が颯爽と帰宅しました。

「リコーダーどうだった?」

「パーフェクトだったよ、とおちゃん♪」

「なに!? パーフェクト!? おまえ、いつのまに練習を!?」

「うん。パーフェクトだったよ、とおちゃん。パーフェクトに吹けなかった♪」

この発言に、ひすい家は大爆笑。まったくできなかったことも「パーフェクト」って表現していいんだね(笑)。

リコーダーがパーフェクトに吹けることで喜ぶのは先生。リコーダーがパーフェクトに吹けないことで爆笑したのはクラスのみんなと僕と妻とおねえちゃん。息子よ、キミは、自分をネタにして、みんなを笑顔にするために生きてくれてるんだね。マザーテレサびっくりの博愛精神だよ。

これも気のせいでしょうか？（笑）

とはいえ、リコーダーがまったく吹けないことが判明した息子にリコーダの再テストが課せられました。

「おねえちゃんからしっかり教えてもらってきなさい」

そう先生から言われ、息子は家で練習をしているようでした。

家に帰った僕は、息子に聞いてみました。

「リコーダーどうだい？　シー以外も吹けるようになった？」
「うん、とおちゃん。やっと、**アー**も吹けるようになったよ」

アー!?

リコーダーに、〝アー〟はないぞ。リコーダーはアイウエオじゃなくて、ドレミファだ。まあいい……。再テストまでまだ日にちがある。おねえちゃんが教えてくれているから再テストの日には吹けるようになるであろう……。

そして、ついにやってきました。再テストの日。息子はいつものように颯爽と学校に向かいました。今度はやってくれるであろうと期待しつつ僕も仕事へ向かおうとした、そのときです。

ありえん!!!!!!!!!

息子の机の上にリコーダーが置いてあったのです。

アイツ、リコーダー忘れちょる……。

僕は、スヌーピーの名言を思い出しました。

「人生ってソフトクリームみたいなもんさ……なめてかかることを学ばないとね！」

Byチャーリー・ブラウン

ひすい家
コラム⑯

ヒットの秘訣

ハリウッドで学び、日本でただひとりのストーリーアナリスト（ストーリーや脚本の分析・評価をおこなう人）の岡田勲（おかだいさお）さんは、映画「おくりびと」の公開前に「この映画は当たる！」と見抜いた人物です。それは映画を見なくても、チラシを見た時点で予想がついたそうです。ヒットする作品には、ありそうでなかった「ギャップ」が隠れているからだとか。

「おくりびと」の場合は「美しい死」。実はここにギャップがあるのです。死は怖いもの、恐れるもの、不安なものというのが僕らの認識です。しかし、「おくりびと」は「美しい死」を描いた。「美」×「死」、ここにギャップがあるのです。

さて、これをふまえてもらったうえで、ある日のこと。

部屋で本を執筆していると、息子がドアを開けて勢いよく飛び込んできたのです。

ちなみにそのとき、息子の服装は、

赤いジャンバーを着て
緑のセーターを着て
黄色いキャップをかぶり
青いズボンをはいていました。
息子は、僕の部屋に、いきなり飛び込んできて、こう言ったのです。

「とおちゃん！ とおちゃん！
見て！　見て！　どう？

カラフル不審者！」

……不審者なのにカラフル。
息子よ、そのギャップ合格！（笑）

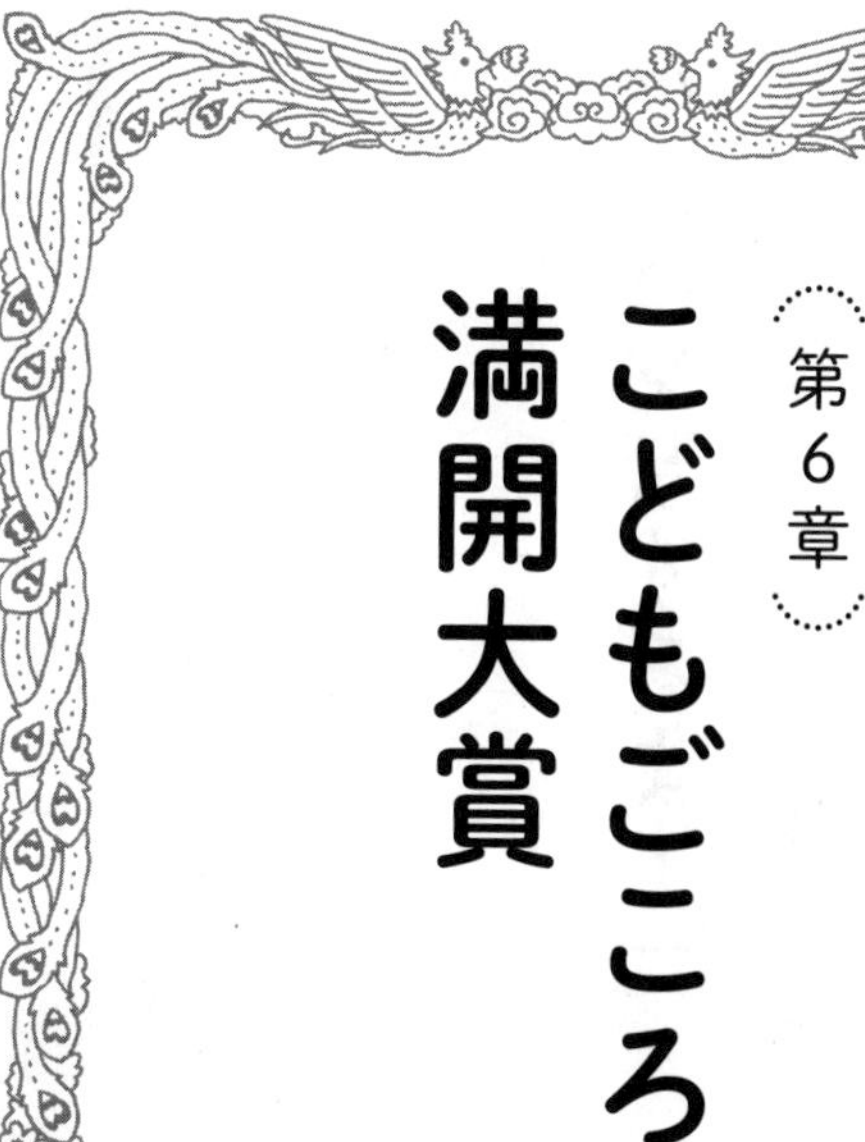

第6章 こどもごころ満開大賞

お風呂上がりに全裸で何度も階段の上がり降りをバタバタしているので
「さっきから服も着ないで一体何してるの？」って聞いてみると、息子は、
「ねぇ聞いて聞いてっ。

パンパン音するよ！」

おち○ちんが左右に当たって音が鳴ることを発見して、とっても喜んでいました。

12歳・男の子

ひすいコメント

こどもの頃は、確かになんでも喜んでいた気がします。新しい消しゴムの匂いや、買ったばかりの本の匂いにときめいていたし、新しいノートに最初に書き込むときはドキドキしたし、新しいシャープペンを買ったときは、ずっとニコニコ眺めていた。パンパンも確か、やってた気がします(笑)。

ひ孫が曾祖母の顔をじーーとのぞきこみ、一言。

「あっ迷路みたい」

そして指でなぞり、遊び始めました。

ひ孫のみ許されるギリギリの境界でした。

4歳・男の子

ひすいコメント

こどもは、皺(しわ)だらけの顔だって、迷路と見立てて指でなぞって遊べるんですね。どんなことだって遊びにできちゃうんだなー。

娘が幼稚園に初めて登園したときに、初めて会う同じクラスの子に言ったひと言。

「一緒に遊べば、そこから友だちだよ」

5歳・女の子

ひすいコメント

大人になるとなかなか新しい友だちができないと思ってたけど、そっか！　一緒に遊べば、もう友だちなんだね。忘れてた～。壁は自分で作っていただけだったんだな～。

車が大好きな息子がミニカーのマフラーの部分を
指差して、

「ここから何が出るの?」

と聞くので、

「車の排気ガスが出てくるんだよ」

と言ったら、

「違うよ。


アロマが出てくるんだよ」

な、なんて地球に優しい車だろう!

3歳・男の子

ひすい
コメント

走れば走るほど地球がよくなる車。そんな発想なかったな〜。自動車会社さん、この発想でぜひ22世紀の車を作ってくださ〜い。

こどもが小学2年のとき。
その頃、夫婦仲が悪く冷え切っていたんですが、その日の夜は、珍しく家族みんなで笑っていたんです。
いつもは9時に寝るのにいつまでたっても寝床にいかないこどもに
「早く寝なさいね」と言ったら

「……明日も明後日もこんなに楽しい？」

と聞かれて胸が詰まりました。

小２・女の子

ひすいコメント

こどもの気持ちが伝わってきて、もう、涙……。こどもは夫婦仲良くしてくれることを静かに祈ってるんですね。

保育士3年目の年、まだこどもの心をつかめず、力んでいた私。ハチャメチャで全く言うことを聞いてくれない男の子がいて、叱っていたときのこと。

私「誰が悪いの？」

子「先生！」

私「怒る先生が悪いの？」

子「うん！」

私「先生のどこが悪いの!?」

「お顔」

思わず力が抜けて笑っちゃいました。

4歳・男の子

ひすいコメント

「先生のどこが悪いの？」「顔！」なんて言われたら、普通はもっと怒りたくなりますよね。でも、そこで相手の笑いをとれちゃうのは、無邪気だからでしょうね。邪気が無いからこそ、たとえいい言葉ではなくても、相手の心を晴れ晴れできるのだと思います。

アサリの味噌汁を飲むや息子がこうひと言。

「ん？ ん？ ん？
これ、宇宙の味がする！」

4歳・男の子

ひすいコメント

「アサリ汁。宇宙味」。これ出たら、売れそう（笑）。うちの子もそういえば、すごい感想言ってたな。あるレストランで出されたコーラを一口飲むや
「とおちゃん!!!!　このコーラ、ペペロンチーノの味がする!」

絶対にしないから!

「とおちゃん、オレ、わかっちゃったよ。コーラの作り方。ペペロンチーノすりつぶしてる!」

絶対すりつぶしてないから!

やたらめったらお姉ちゃんにからむ次女。自分が悪いのに、「お姉ちゃんが悪い！　ごめんなさいは？」と、お姉ちゃんに謝罪を要求するので、なんで謝って欲しいのか聞いてみたんです。すると、とても意外な答えが返ってきました。

「だって、『イイよ』、って言いたいけぇよ！」

（生粋の下関弁です）

ただ、「イイよ」って許したいからケンカを吹っかけていたとは！

3歳・女の子

ひすい
コメント

ケンカの理由は、「許したいから」。
こどもはケンカの動機にも愛があるんだなー。

幼稚園でのひとコマ
先生「これ誰の⁉　名前書いてないけど⁉」
こどもたち

「えー、どれ、ニオイかがせて‼」

こどもには、ニオイで個人を判別するという選択肢が普通に存在します。そしてこれがまた高確率で当たるのです。

6歳・男の子

ひすい
コメント

見る、聞く、嗅ぐ、触る、味わう。五感をちゃんと意識して使うことがこどもごころを取り戻す入口になりそうです。大人は損得や、正しいか、正しくないかなど頭で考えるのに対し、こどもは、五感で感じているのです。考えるのではなく、感じること。これがこどもワールドへの扉です。まず感じる。そのあとに考えるのです。それが素敵な「こども大人」の流儀です。

次女が4歳のとき、「ばかやろう！」という言葉を言うようになり、妻に叱られていました。父である私は、後でそっとこどもを呼び出し「ばかやろうって言いたくなったら、バナナって言いな」と教えてあげました。

2日後、リビングで新聞を読んでいたら、こども部屋から、

「バナナ！　バナナ！」

と聞こえてきました。

やっぱりこどもは素直だなぁ。

4歳・女の子

ひすいコメント

ちょっと言葉を変える。これは大人にもおすすめしたい裏ワザですね。「ガンになった」も、「ポンになった」といえば、なんだか治りそうです。ぱぴぷぺぽ系を取り入れると、とたんに日常がはなやかになりますからぜひいろいろお試しくださいね（笑）。

主人の母が家に遊びに来たとき。娘はとても活発で、ちょうどこたつの上から、ジャンプができるようになっていました。嬉しいのでおばあちゃんに見せたかったのですが、お行儀に厳しい人なので「女の子がそんな所に乗ってはいけません。そこは食べ物を乗せる所です」と叱ったのです。

すると娘は……

「今日から私は茶碗蒸し！」

そう言ってどっかりこたつの上に腰を下ろしていたのでした。さすがのおばあちゃんも何も言えず、私は心の中で、娘のあまりの賢さに拍手喝采でした。

3歳・女の子

ひすい
コメント

ひすいこたろう。名言を追求して10年、3万ページを超える原稿を書いてきましたが、「今日から私は茶碗蒸し！」。かつてこれ以上の名言に出会ったことはありません。数ある食べ物の中で、とっさに茶碗蒸しをセレクトするセンスにも脱帽です。

娘と食事中。

娘「ココちゃんねぇ。男の子になりたかったの」

私「どうして？」

娘「うんとね、ちっちゃくてかわいいのついてるでしょ♪」

私「もしかしておちんちん?!」

娘「そう！！！」

私「そっかーなるほど！　でもさー、ココちゃんももう少しおっきくなったらおっぱい出てくるよ～」

娘「やっっったぁぁぁあ――!!!!!」

うれしかったようで、

万歳三唱してました。

3歳・女の子

ひすい
コメント

成長とは大きくなることではなく、当たり前のようにある、小さな喜びに気づけるようになることなんですよね。

チンチンがある。バンザーイ。

おっぱいがある。バンザーイ。

ハナクソがついてる。バンザーイ。

早朝仕事に向かう前、まだ眠っている息子たちに置手紙をすることが度々ある私。

簡単な英単語や漢字混じりの私の手紙。

私の母がそれを見て息子に聞きました。

「読めるの？」

息子は

「うん。ママからの手紙は心で読むから大丈夫！」

6歳・男の子

ひすいコメント

ある歴史学者は、史実が諸説分かれているようなものは、すべての現場に行って、空気を感じると、自分なりにどれが真実かわかるといいます。その土地の空気に歴史の真実が残っているからだとか。その空間に漂う情報（歴史）を心で読むんです。こどもにもそれができるんですね。

娘は病気で常時酸素マスクをしています。

5歳のときに、「ママのお腹に戻りたいな〜」と言うから、

「そうだね、お腹に戻ってまた産まれてきたら病気じゃないかもしれないしね〜」と言いました。

ところが娘は激怒。

「なんで、そんなこと言うの！

私はママのお腹の中が気持ちよかったから、戻りたかっただけなの！

それに、空の上からおじさんと一緒に、ママを見て、このママにしようと話をしていたときから、私は病気だったの！

だから、お腹に戻っても、病気のままなの！

病気持って生まれて悪い⁉」

わたしは、娘の病気について、自分を責めていたので、この言葉に救

われました。

9歳・女の子

ひすい
コメント

……涙。……涙。

病気だって、それはちゃんとその子のかけがえのない個性なんですね。

アボリジニの人たちは欠けてる月を「ドリーミング」というそうです。欠点とは、あなたに「欠」かせない「点」。欠けてるところから、夢が飛び出してくる。それが人生（ドリーミング）なんだ。

息子が
「ママ、うまれてきてくれてありがとうっていって」というので、
絵本のセリフでも見たのかなと思いましたが
「うまれてきてくれてありがとう」と伝えると、
息子はニコっと、ひとこと。

「それがいちばんだいじ」

4歳・男の子

ひすいコメント

僕はこどもを小さなカミサマだと思っています。だからこどもたちには、「うちに生まれてきてくれてありがとう」。その気持ちしかないんですね。妻に対しても、カミサマだと思うようにしてます。こどもよりも、ちょっと難しいのですが（笑）。

ある雪の日、
一緒に作った庭先の雪だるまを並んで見ながら娘が言った。
「ママ、雪だるまが溶けたら、何が残ると思う?」
「水、かな?」

「……思い出だよ」

泣きそうになりました。

5歳・女の子

ひすいコメント

僕らは二度死ぬのだそうです。ひとつめは肉体の死。もうひとつの死は、皆の記憶から消えたとき。逆をいえば、人は肉体が死んでも、思い出のなかで生きることができるんです。亡くなった方をあなたが思い出しているとき、その人はまだこの星で生きているのです。

僕らは、この星に思い出をつくりに来たんです。

さあ、あなたはどんな思い出をつくりたい？

ひすい家
コラム⑰

ヨーイ、カメレオン

「天国体質になる！」などの著書をもつ、経営者の鶴岡秀子さんこと、つるちゃんを囲んで仲間で喫茶店でお茶を飲んでいたとき、子育ての話になりました。

つるちゃんには、小学生のお子さんがいます。つるちゃんの息子さんは、当時まだ鉄棒の逆上がりができなかったそうで、そんな息子さんにつるちゃんがかけた言葉とは……

「大丈夫。お母さん、あなたを何でもできるように生んでおいたから練習すれば絶対できるようになるから。大丈夫！」

そんなふうに言われて育ったお子さんは色んなチャレンジをしていく子に育つでしょうね。もう、一緒に聞いていた仲間は拍手喝采でした。

さて、この拍手喝采を受けて、「ひすいさんはそんなとき、なんて言うんですか？」と聞かれたわけです。この拍手喝采のあとは、ハードルが上がっています。

僕はこう言いました。

「なんだと!?逆上がりができないだと？　もう一度言ってみろ！

とおちゃんもできないから！」（笑）

「とおちゃんな、逆上がりもできないし、車の運転もできないし、テレビの予約録画もできないし、できないことといっぱいあるけど、ひとつだけな、書くことができるんだ。書くことが好きなんだ。

人はな、ひとつ得意なものがあれば幸せに生きていける。

息子よ、お前、幼稚園のマラソン大会のとき、ヨーイスタートのその瞬間に『**ヨーイ、カメレオン♪**』と言って、いきなり四つんばいになってしゃがんだことがあっただろ？

あれな、とおちゃん感動したんだ。

逆上がりができなくても、君にはカメレオンがある。

とおちゃんは、それで十分感動したよ」


「そうこどもに伝えると思います」と言うと、これまた拍手喝采でした（笑）。

あれこれできないと幸せになれないと思ってるから、あれこれできないこどもを叱ってしまう。でも、人は、たったひとつで幸せになれるんです。

欠点がいくつあってもそれは問題じゃない。楽しくできることが１つあれば人は最高にハッピーに生きていけるのです。

ひすい家
コラム⑱

遊びだからこそ

お正月に久々に家族とのんびり過ごしてました。と言っても休みは2日だけだったんですが、その2日間、どう過ごしたかというと、初日は息子の大好きな「浅草・花やしき（遊園地）」、2日目は、娘に見せたかった「鎌倉・大仏」というセレクトになりました。

まず花やしき、うちの息子、大好きなんです。ディズニーランドはアトラクションに乗るのに2時間くらい待ったりしますが、花やしきは待ち時間が0・8秒だったりする。乗り終わったら、すぐまた乗れる！　これが息子いわく、「なんなんだ、とおちゃん、ここ最高じゃないか！」とお気に召したわけです。

昭和28年に生まれた日本最古のジェットコースターなんかもあります。最高時速たったの42キロメートル。絶叫系ではなく、前代未聞の癒し系ジェットコースターも粋なんです（笑）。とはいえ、絶叫系もちゃんとあります。「地上60ｍまで一気に上がり、すぐさま急降下。あなたはこの恐怖に耐えられる？」というキャッチコピーがつけられている「スペースショット！」

これが息子は大好きで、何度も乗るんですがおねえちゃんは怖くて乗れないんです。「乗りなよ」「乗りなよ」と息子が何度言ってもおねえちゃんは乗らない。うちのかみさんまで「乗りなよ」って強くすすめるもんだから、次第に娘もプレッシャーで表情が暗くなってきたんです。これはまずいと思いまして、僕は娘にこう伝えました。

「遊びなんだからさ、ムリに乗る必要ないからね。いいよ、乗らなくて」

で、僕と息子だけスペースショットに乗り込んだわけですが、シートに座り、安全ベルトがつけられるや息子は僕にボソってこう言ったんです。

「とおちゃん、遊びだからホンキでやるんだよ」

おおおお。かっこいいじゃないか！！！

「それにね、とおちゃん、オレは勉強では1度もホンキをだしたことがないから」

あー。やっぱり⁉（笑）

で、翌日。今度は鎌倉に行こうということになっていたんですが、直前に「正月あけの鎌倉は激混み！」という情報が入ってきたんです。鎌倉までは電車で往復4時間はかかります。4時間かけて行って激混みで大仏見れずでは娘もかわいそうです。

行くべきか、場所を変えるべきか。僕とかみさんの作戦会議は続いていました。すると、そこに息子がわって入ってきまして、こう言ったんです。

「あれこれ悩んでるんなら、行けばいいんだよー。
行って混んでたって、いいじゃないか。

人生、銃殺刑以外は大したことない！」

か、かっけーーーー。
で、行ってみたら、はい、鎌倉大仏無事みれました。

人生、死ぬこと以外はかすり傷。
人生最後の日に、すべての記憶は夢の中の思い出になります。
だからこそ、やりたいことをやり切ろう。
遊びだからこそホンキでやろう。
それが、すがすがしく生きるってことです。

ひすい家
コラム⑲

卒業祝い

小学生の頃は、毎日、夢が変わっていた息子に、中学になったときに久々に「夢ってある?」って聞いてみたんです。

するると、「うん。水族館で働きたい」と。

「でも、そういえば、普段は水族館行かないし、もともと水族館行きたがらないよね?」

「うん。遠いから行きたくないよ」

そうか。遠いから特に行きたくない夢ってなんか新しいね(笑)。それに遠いって言っても電車で20分なんだけどね……。

「とおちゃん、そんな話よりメガネ変えた?」

「うん。変えたよ」

「前の方がよかったよね」

「あ、そう……」

とおちゃんね、なにげに、そう言われてショックだったよ(笑)。

そんな息子はちょくちょく学校も休むのですが、休む理由は「心のメンテナンス」。そう言われたら、「学校行け」って言いにくくなるよね（笑）。

でも、いいところもあるのです。

うちの娘はアニメの『おジャ魔女どれみ』が大好きなんですが、そのガチャガチャが出たとのことで、「でも、近所にはないんだよなー」と娘がボソッと言っていたんですが、その翌日。

なんと息子が、『おジャ魔女どれみ』のガチャガチャがどこにあるか調べて内緒で行ってプレゼントしてくれたんです。

「お姉ちゃん全部あるよ」って。

息子の友達たちまでコンプリートに協力してくれていたんです。なんていい友達に恵まれてるんだ。お姉ちゃんは嬉しさ爆発して悲鳴をあげていました。

とおちゃん、キミがどんなにおばかでも、優しい方が100倍嬉しいな。

そんな息子も、この春に高校を無事、卒業できることになったんですが、

「俺さ、学校向いてないってわかったよ」というんです。

「でもさ、無駄じゃなかったよ」と。

息子よ。

キミはおバカだけど言葉だけはいつも深いよな。でも卒業おめでとう!

そんな息子のおばか伝説をまとめた『できないもん勝ちの法則』（扶桑社）も合わせて読んでいただけると嬉しいです。息子の卒業祝いにぜひお願いします（笑）。

いま、時代は「土の時代」から「風の時代」にきり変わったのだそうです。

風の時代とは、心のかろやかさが大事になります。

心がかろやかじゃないと風にのれないからです。

そして風の時代とは、ほんとうの気持ちを大切にする時代です。

ほんとうの気持ちに向かわないと、風（情熱）に流されてしまうのです。

つまり、「風の時代」とはこども心をとりもどす時代なのです。

ザ・ラスト名言。

では、いよいよ最後の名言です。

朝、保育園へ行かせるのに、服を着せようとしていた祖母と3歳の息子のやりとりです。

息子「このズボンやだ!!」
祖母「やだじゃない！」
息子「やだ!!」
祖母「やだじゃない！」

息子「やだ!!」
祖母「やだじゃない！」
息子「やだ!!」
祖母「やだじゃない！」

ついには、おばあちゃんもこう叱ったんです。

「じゃあ、パンツ1枚で行きな！」

すると、息子は……

「やだ！パンツ2枚がいい！」

3歳・男の子

ひすいコメント

パンツ2枚がいいって……。

もう、ぼく、いま、笑い転げながら震える手でこれを書いています。なにか人生で辛いことがあったら、この場面を思い出してみてくださいね。

そうしたら、きっとどんなことでも、のりこえられるはずです（笑）。

エピローグ

「I love you because you are you.」

息子よ。

キミの書道はサプライズだった。

名前のところに書かれた、熊木リコって文字。「熊木リコって誰？」ってとおちゃん思ったよ。まさか、間違って、名前までお手本の名前を書き写すとは！

でも、そんなおっちょこちょいなキミが大好きだよ。


息子よ。

夏休みあけの新学期初日の朝、キミはなんだか憂鬱(ゆううつ)そうで、「学校

に行きたくないの？」って聞いたら、

「とおちゃん、オレ、自分の席、忘れちゃって……」

悩んでたの、そこだった？

「じゃ、どうする？」

「教室でウロウロして、みんなが座った頃にあいてる席に座るよ」

そのあまりのナイスアイデアぶりに、「キミは天才だ」って、とおちゃん思ったよ。

翌日、「席わかった？」と聞いたら、「え、なんのこと？」って。

席を忘れたことすら、もう忘れてるキミに乾杯。

息子よ。

料理が苦手なかあちゃんがカツを揚げてくれた日があったよね。

でも、やっぱり、失敗しちゃって、コゲコゲになっていた。

そのとき、キミは、もりもりカツを食べて、

「逆に、うまい。逆に」って言ってたよね。

かあちゃんもその一言に感動してたけど、とおちゃんもそんな美しい「逆に」の使い方初めてだったよ。


息子よ。

ある日、僕が朝食を食べてる横で、キミはずっとジャンプしてたよね。

何事かと思ったら、キミはこう言った。

「かあちゃん、かあちゃん、ジャンプしてると、プープープープーおならが止まらない。オレ、病気かな?」

そんな病気、逆に、すてきだよ、逆に。


息子よ。

キミは僕が原稿を書いてる部屋に急に飛び込んできて、

「とおちゃん、今日の口癖がきまった。『ヘップシ』。これで行く」

そう報告して出ていったことがあったね。

息子よ、なんなんだキミは（笑）。

「『ヘップシ』ってなに?」ってあとで聞いたら、

「なんとなくだよ、とおちゃん」

キミは、いつも、「なんとなく」を大事に生きてるんだね。なんとなく感じることを大切に生きる。大人になると、理屈が優先しちゃって、忘れちゃうんだよな。

息子よ。

キミが、学校の宿題で、日本地図の全県を暗記しなければいけなかったとき。おねえちゃんから「あんた、ちゃんと覚えてるの？」って責められてこう返してたね。

「**俺は長野県より下は考えたこともない！**」

長野県より下はって……。

あのとき、とおちゃんはキミをなんて男らしいんだと感動していたんだよ。

「滋賀県とかもあるんだよ」とおねえちゃんがいうと、

「えーーーー？？？　滋賀県！！！？？？　なにそれ!?　初めて聞いた」って、キミは、滋賀県の存在にサプライズしていたね。とおちゃん、キミに代わって滋賀県の皆様に謝っておくな。

息子よ。

キミは一生懸命、輪ゴムを10個も20個も結んで部屋の端から端にくっつけていたことがあったよね。その長く結ばれた輪ゴムをくぐって、めちゃめちゃご満悦な表情を見せていたキミ。「何をしてるの?」って聞いたら、こう答えたね。

「とおちゃん、これ、プロレスのリングだよ。リングのロープをくぐるのがオレの夢だったんだよ」

とおちゃんはキミから教えてもらったよ。

夢はアッサリ叶うんだって。

息子よ。

ジジが倒れて、病院へ向かう車の中。

重苦しい空気の中で、キミはこう言ったね。

「かあちゃん、最近、教科書をひらくと赤虫がいるんだ」

それに対し、倒れたジジのことで頭がいっぱいのカミさんは

「うちは赤虫飼ってんだから、気にすんな！」

そう叱られてたね。うちはいつから、赤虫飼ってたんだろうね。でも、キミのおバカな発言のおかげで、ちょっと車の重苦しい空気が変わったよね。キミなりにおかあさんを思いやってくれたうえでの発言だったのかな。

いよいよ、この本も最後だ。
最後まで読んでくれたあなたに、大事なことを伝えたいんだ。
それはね……

カミサマはキミを愛しているってこと。

ほんとだよ。


だって、できの悪い子ほど、かわいいから。

それはこの宇宙の真実なんだ。


きっとキミもね、いっぱいダメなところをもっていると思う。

隠したってムダだよ。僕にはわかるんだ（笑）。

自分を卑下したり責めたり、嫌いになったり、いろいろあると思う。

でもね、そんなダメな子ほど、カミサマはかわいいと思っているんだよ。あなただってこの本を読んでそう感じたでしょ。

何点でもいいよ。

だって、キミはキミだから。

心理学者カール・ロジャーズの言葉をキミに贈ろう。

「I love you because you are you.」


カミサマは、あなたに成功してほしい、なんざ思ってないんだ。カミサマはそんなに小さくない。カミサマは、ただ、あなたがあなたでいるだけで、うれしいのさ。幸せなのさ。

あなたが、あなただから、大好きなんだ。

だから僕らのやることはじぶんのまんまで、未練なく思い切り生きること。


自分の素直な気持ちを受け入れ、認め、許すんだ。

こどものころはそれが余裕でできていたはずだから。

大丈夫。僕らはみんなこども出身。

ワクワクしたら、その心に従って一歩踏み出してみればいいんだ。

そのワクワクがキミをこどもに戻してくれる。

では最後に、カミサマが、もう一度あなたに伝えたいことがあるそうだよ。

「あなたがあなたでいてくれることが、わたしの幸せです」

次はここでお会いしましょう。

あなたのメールアドレスを登録すると、無料で名言セラピーが配信されます。

『3秒でHappy? 名言セラピー』（登録してね）

↓　http://www.mag2.com/m/0000145862.html

（まぐまぐ　名言セラピーで検索）

・毎月2回スペシャルレクチャーを配信。オンラインサロン「ひすいユニバ」

・ブログ「面白い未来の作り方」

本の感想やファンメールも寝ずにお待ちしています（笑）
hisuikotaro@hotmail.co.jp
また、こどもの名言もぜひ教えてください。
最後まで読んでくれてありがとう。

ひすいこたろう

Special thanks!

天才的な発言を残してくれた子どもたちへ

けんけん……16, 38
としき……17
郁美……18
蓬……19
more smily……20
なかそねこうだい……21
なおと……22
川畑遥斗……24
鈴木琢朗……26, 80
裕史……30
入江匠……32
うーちゃん……34
ジュン……36
あすかくん……37
古賀祐貴……40
シュート……27
せいら……42
高井理央……94
ようこ……54
めいちゃん……55
よっちゃん……56
だいちゃん……58
ゆう……60
前田琉太……64
トーイ……61
なう……66
うえすぎかずま…81, 84
かえで……82, 134
こうじ……86
ニーナ……90
ななと……92
HIBIKI……96
そうた……97
ゆうじろう……98
ばらぐみ……100, 214
ana……102
こうたろう……104
寧生……108
横田健太郎…126, 202
おちか……130
さのすけ……135
坂井知世……156
凛……160
中田彩花……162
悠……164
平野順大……166
しゅうと……87
ゆい……170
りょうくん……172
えみ……174
たいせい……176
ポコ……178
ほっちゃん……180
餘助速人……182
さらちゃん……184
かず……186
いっちゃん……188
慧龍……190
小林海成……204
onuy……205
かづっち……206, 242
ゆうだいくん……208
るうく……210
葉月……212
care……216
ココちゃん……220
大空……222
れおな……224
ゆう……226
中村美優……228

●出典

月刊誌『ＰＨＰのびのび子育て』２０１４年８月・12月、２０１５年３月・６月特別増刊号（ＰＨＰ研究所）

●参考文献

『できないもん勝ちの法則』ひすいこたろう（扶桑社）

『犬のうんちを踏んでも感動できる人の考え方』ひすいこたろう（祥伝社）

『満点は肩の星空だけでいい』ひすいジュニア（卒業祝出版）

本書は、ＰＨＰ研究所より２０１５年7月に発行された単行本
『子どもはみんな天才だ！』を改題し、加筆・修正のうえ文庫化したものです。

一〇〇字書評

切り取り線

購買動機（新聞、雑誌名を記入するか、あるいは○をつけてください）	
□（　　　　　　　　　　　　）の広告を見て	
□（　　　　　　　　　　　　）の書評を見て	
□ 知人のすすめで	□ タイトルに惹かれて
□ カバーがよかったから	□ 内容が面白そうだから
□ 好きな作家だから	□ 好きな分野の本だから

●最近、最も感銘を受けた作品名をお書きください

●あなたのお好きな作家名をお書きください

●その他、ご要望がありましたらお書きください

住所	〒				
氏名		職業		年齢	
新刊情報等のパソコンメール配信を 希望する・しない	Eメール	※携帯には配信できません			

あなたにお願い

この本の感想を、編集部までお寄せいただけたらありがたく存じます。今後の企画の参考にさせていただきます。Eメールでも結構です。

いただいた「一〇〇字書評」は、新聞・雑誌等に紹介させていただくことがあります。その場合はお礼として特製図書カードを差し上げます。

前ページの原稿用紙に書評をお書きの上、切り取り、左記までお送り下さい。宛先の住所は不要です。

なお、ご記入いただいたお名前、ご住所等は、書評紹介の事前了解、謝礼のお届けのためだけに利用し、そのほかの目的のために利用することはありません。

〒一〇一‐八七〇一
祥伝社黄金文庫編集長　萩原貞臣
☎〇三（三二六五）二〇八四
ohgon@shodensha.co.jp

祥伝社ホームページの「ブックレビュー」からも、書けるようになりました。
www.shodensha.co.jp/bookreview

祥伝社黄金文庫

世界で一番かわいい名言
——笑えて泣ける子どもの言葉

令和3年4月20日　初版第1刷発行

著　者　ひすいこたろう
発行者　辻　浩明
発行所　祥伝社

〒101－8701
東京都千代田区神田神保町3－3
電話　03（3265）2084（編集部）
電話　03（3265）2081（販売部）
電話　03（3265）3622（業務部）
www.shodensha.co.jp

印刷所　萩原印刷
製本所　ナショナル製本

Printed in Japan　© 2021, Kotarou Hisui　ISBN978-4-396-31804-8 C0130

祥伝社黄金文庫

ひすいこたろう
犬のうんちを踏んでも感動できる人の考え方
——ものの見方クイズ
この本は、あなたをもっと自由にする本です。人生を100倍楽しくする考え方をクイズ形式でお伝えします。

ひすいこたろう
石井しおり
恋人がいなくてもクリスマスをワクワク過ごせる人の考え方
——常識を疑うことから始めよう
今日は何があっても楽しもうと決めよう。決めたらそうなります。ビジネスの現場で役立つ先人の言葉＋エピソード。

ひすいこたろう
白駒妃登美
人生に悩んだら「日本史」に聞こう
秀吉、松陰、龍馬……偉人たちの発想の転換力とは？　悩む前に読みたい、愛すべきご先祖様たちの人生訓。

西沢泰生（やすお）
日曜の夜、明日からまた会社かと思った時に読む40の物語
仕事って意外に面白いかも。あの著名人のとっておきのエピソードと名言40本。仕事の見方が180度変わります！

西沢泰生
名言サプリ
——言葉なんかで人生なんて変わらないと思っているあなたに
元気になれる。疲れが取れる。笑える。名言には、ピンチをチャンスに変えるパワーがある。

早川　勝
強運だけを引き寄せる習慣
「私が桁外れの結果を出せたのは、才能ではない。運がよかったからである」仕事で習得した、運を味方にする習慣。